Döblin / Tergit / Huelsenbeck / Arnau /
Hausmann / Ebermayer / Köppen / Heuser
Die verschlossene Tür

Alfred Döblin / Gabriele Tergit / Richard Huelsenbeck /
Frank Arnau / Manfred Hausmann / Erich Ebermayer /
Edlef Köppen / Kurt Heuser

Die verschlossene Tür
Kriminalrat Koppens seltsamster Fall

Herausgegeben und mit einem Nachwort versehen
von Erhard Schütz

verlag für berlin-brandenburg

1. Auflage 2015
© Verlag für Berlin-Brandenburg, Inh. André Förster
Binzstraße 19, D–13189 Berlin
www.verlagberlinbrandenburg.de

Umschlag: Stephanie Raubach, Berlin
Satz und Gestaltung: Ralph Gabriel, Wien
Gesamtherstellung: druckwelten.org,
Inh. Thomas Schneider, Jesewitz
Druck und Bindung: Multiprint OOD, Kostinbrod
Printed in Bulgaria

ISBN 978-3-945256-32-9

Inhalt

Der Mord in der Villa Jessika
Frank Arnau   7

Der Neger Wilcox
Richard Huelsenbeck   19

Die verlorenen Schlüssel
Gabriele Tergit   26

Ivar Kreuger lebt!
Alfred Döblin   35

Die bleiche Marjorie
Manfred Hausmann   41

Drei Schnäpse und zwei Schwestern
Kurt Heuser   49

Die D. A. greift ein
Edlef Köppen   58

Ach, das Gute liegt so nah!
Erich Ebermayer   65

Der Täter
Frank Arnau   72

Ende
Frank Arnau   80

»Mit Logik allein war hier nicht weiterzukommen«
Nachwort von Erhard Schütz   87

Textnachweis   103

Der Mord in der Villa Jessika
Frank Arnau

Die Festaufführung der »Meistersinger« war beendet. Die Ovationen des vollbesetzten Hauses zwangen die Sänger und Sängerinnen immer wieder vor die Rampe. Nur ganz langsam lichteten sich die ersten Reihen des Parketts, die bevorzugten Logenplätze. Von den Galerien dröhnten die Applaussalven. Leo Blech verneigte sich – aufmerksame Beobachter zählten mit – zum einundzwanzigsten Mal.

Die endlose Reihe der Fahrzeuge, der Omnibusse, der Fußgänger staute sich an allen Kreuzungen Unter den Linden. Neugierige standen immer wieder still, um die Prominenten wenigstens für einen Augenblick zu sehen. Ihre Geduld wurde belohnt. Hans Albers, Professor Einstein, Max Schmeling, Reichskanzler Brüning, Käthe Dorsch – und, aus dem Wintergarten kommend, Adolf Hitler – und dann die endlose Reihe der Leute zweiter Garnitur: es war erhebend.

»Wohin, gnädige Frau?«, fragte Pachnicke, der Fahrer, nachdem er in die Wilhelmstraße abgebogen war, um etwas freiere Fahrt zu gewinnen. Der große Mercedes glitt lautlos dahin.

Bevor die Frau antworten konnte, traf sie der Blick des Mannes an ihrer Seite; sie lehnte sich noch weiter in den Fond des Wagens zurück und hörte die etwas müde Stimme:

»Wir könnten noch zu Horcher – Jessika – ja?«

Sie schloss die Augen. Dann sagte sie, gleichsam vorweg jeden weiteren Versuch einer Umstimmung ausschließend:

»Ich möchte nach Hause, Doktor. Ich bin müde. Und dann –«

»Dann –?«, fragte der Mann zurück.

»Nichts Eigentliches, Doktor, nur so ein Gefühl. Beunruhigend, fast beängstigend. Die Nerven –« – Sie sprach in das Telefon zum Fahrer: »Nach Hause, Pachke. Vorher setzen wir den Herrn Professor ab.« – Sie sagte Pachke, unterschlug das »ni« – das Vulgäre des Namens war ihr peinlich.

An der Clausewitzstraße im Tiergarten empfahl sich Dr. Arthur Lohner; er wolle lieber – so sagte er – die kurze Strecke bis zu seinem Hause zu Fuß zurücklegen. Er verabschiedete sich sehr zeremoniell. Als Frau Jessika sich nochmals nach ihm umsah, empfing sie einen beinahe sprechend dankbaren Blick.

Draußen im Grunewald lagen die Straßen verdunkelt – sozusagen hinter den Scheinwerfern der Stadt … vereinsamt. Als der Wagen die König-Friedrich-Allee verließ und in die Friesenstraße einbog, umschloss ihn plötzlich solche Einsamkeit, dass Frau Jessika nur mit schmerzlicher Unterdrückung das Gefühl der Angst bekämpfte. Es war ein sonderbar sinnloses Zusammentreffen, dass gerade heute Abend der Wagen in die Garage des Werkes gebracht werden musste, weil die eigene etwas umgebaut wurde – und dass der Chauffeur deshalb außer Hause übernachtete; überdies aber die Zofe ausnahmsweise bis nach Mitternacht beurlaubt worden war, weil ihre Freundin den Geburtstag einer Tante feierte. So war das Haus eigentlich leer, bis auf die Pförtnersleute. Die konnte man ja wecken, aber Frau Jessika zögerte mit diesem Eingeständnis der Feigheit. Sie entließ den Fahrer, lauter als notwendig, rief ihm noch, während sie bereits die Treppen hinanstieg, etwas Belangloses zu, um zunächst bis zum Aufschließen des Eichenportals Gesellschaft zu haben. Sie knipste dann das Licht in der Halle an – und schritt eilig die Rundtreppe zum ersten Stock hinauf.

Das Haus schien jetzt nicht nur leer, sondern völlig leblos zu sein. Ihre Schritte hallten, trotz aller Dämpfung durch die Teppiche, weithin vernehmbar – und bedrückend.

Die kleine Garderobe vor ihrem blauen Salon streifte sie mit ganz flüchtigem Blick. Hielt dann aber inne, freudig belebt. Sie hatte die Pelzjacke Marjories vor sich, und deren Hut; ja, auch die Handschuhe ihrer besten Freundin hingen flüchtig an der verchromten Zierstange. Sie war also nicht mehr allein in dem übergroßen Haus.

Einen Augenblick überlegte sie. Wo konnte Marjorie sein? – Sie öffnete die Türe zum Boudoir. Eine undefinierbare Dunkelheit schoss aus dem lautlosen Raum. Sie zwang sich förmlich zu dem Ruf nach der Freundin. Jessika hörte ihre Stimme, fast körperlich beschwert klingen.

Keine Antwort kam zu ihr.

Sie schlug die Türe wieder zu, und, da der Schlüssel außen stak, schloss sie ab – als wäre zu befürchten, dass etwas Ungewisses aus dem Raume ihr nachjagen könnte. Sie lief sehr schnell zurück zu der Türe nach dem blauen Salon, öffnete, rief den Namen der Freundin gellend in das Zimmer – schlug die Türe wieder zu, raste, erzitternd, den offenen Korridor, der sich längsseits der Halle hinzog, entlang – kam an ihr Wohn- und Arbeitszimmer, öffnete die Türe, drehte das Licht an, nur dunkel erwägend, dass ja hier in der Finsternis Marjorie ebenfalls nicht sein konnte – rief aber dennoch den Namen laut vor sich hin. Sie hörte ihn leise wiederkommen aus der Tiefe der Halle. Sonst blieb alles regungslos und still.

Plötzlich presste sich ihr Hals zusammen. Sie fasste nach dem Sims des Kamins. Starrte zu dem überdimensionierten Lehnstuhl vor dem runden Tisch.

Von der Lehne des Stuhles herab hing der schlanke Arm einer Frau.

Jessika ging nach vorne.

Vor ihr saß, etwas unwahrscheinlich tief in sich gesunken, Marjorie. Etwas Feuchtes staute sich am Gobelinbezug des Sitzpolsters. Dieser Richtung folgend, entdecke Jessika eine auf dem Fußboden liegende Waffe.

Sie drehte sich, von einem Geräusch erfasst, Angstkälte spürend, um. Aber sie war offenbar ganz allein in dem Raume. Allein mit der Toten. Dann, fühlend mehr als feststellend, empfand sie diese eine Tatsache: dass Marjorie tot war.

Selbstmord? – Das durfte wohl als ausgeschlossen gelten. Als ganz ausgeschlossen! Da war zu viel unbezähmbare Lebenslust, zu viel Aktivität in dieser Frau gewesen – und auch die Fähigkeit, Konflikte jeder Art so leicht zu nehmen, dass sie wohl noch jegliche Chance stärkster Erregungen boten, ohne je zu Erschütterungen des Lebenswillens zu führen.

Konnte es ein Raubmord sein? –

Rein instinktiv widersprach sie dieser Möglichkeit. Es roch sozusagen nicht nach einem Delikt aus Gewinnsucht. Vielleicht war auch dieses Gefühl unterbewusst dadurch gestützt, dass die schwere goldene Handtasche der Toten mitsamt ihrem Inhalt auf dem Tisch lag. Auch die Halskette mit den Beryllsteinen wäre von jedem werthungrigen Täter als hochwertiges Schmuckstück sicher nicht übersehen worden.

Sie stand, noch immer regungslos, seitlich zu der Toten.

Kein Ruf nach Hilfe kam aus ihr. Nur ein rasender Stoß von jagenden Gedanken und Zweifeln. Sich zusammendrängend in eine einzige Frage:

»Wer?!«

Wer – wer – wer – konnte das getan haben?!

Wer hat ihr Marjorie genommen?! Denn dass die Freundin – die beste, die sie besessen hatte – getötet worden war, empfand sie als eine unmittelbare Aktion des Schicksals gegen sich selbst. Marjorie war ihre Freundin gewesen – aber auch mehr als nur das. Kameradin, Genossin, Partnerin, mitunter – wenn nicht gerade andere Beziehungen diese immer latente Nähe störten.

Marjorie war ermordet worden.

Wer?! – – –

Da blitzten Männerporträts auf.

José?! – Nein, ihr – Jessikas – Mann konnte es nicht gewesen sein. Er war ein Zufallsgewinner, ein Hasardeur, ein Bluffer, mit einem guten Schuss des ehrlichen Zuhälters.

Aber morden?! Nein … das kam nicht in Frage. Es sei denn – vielleicht – vielleicht aus einer sonst an ihm unbekannten Regung heraus – ?

Sie überlegte weiter. Ohne zu einem unbedingt klaren Schluss zu kommen.

Meinhard? – Sie musste beinahe lächeln. Ihr erster Gatte war ein Mann mit einem dicken Portefeuille – und ebensolchem Bauch. Meinhard und eine Pistole?! Das war lächerlich. Allerdings – einmal hatte sie ihn erzürnt gesehen. Das war in ihr haften geblieben: so musste jemand unmittelbar vor dem Schlaganfall aussehen. Dennoch – Meinhard musste wohl ausscheiden.

Wilcox! – Ja. Wilcox, das wäre denkbar. Der Neger war in Marjorie verknallt. Das war überhaupt kein Mann mehr, seitdem er Marjorie gehabt hatte. Wie waren doch die Worte Marjories nach der ersten Nacht gewesen? »Ein Tier, ja – aber ich habe es geduckt!« Der Neger musste in die engste Auswahl gezogen werden – das stand fest.

Jetzt stand sie, ihre Fäuste krampften sich, mit zusammengebissenen Zähnen, ganz schmal gewordenen Lippen, fliehenden Schatten unter den sich senkenden Augenlidern, und alle Nerven gespannt: jetzt, ganz genau jetzt, mitten im Erschrecken des neu aufkommenden Eindrucks – jetzt musste sie mit ihren aufgepeitschten Sinnen den Täter erraten – – –

Ein glatt rasiertes, stets undeutliches Gesicht war ihr plötzlich gegenwärtig. Der Hofschauspieler Aribert Wartenburg. Ein Fünfziger, mit allen betonten Wirkungsmöglichkeiten angegrauter Schläfen, ein später Nachfahr des Ritters von Sonnenthal, aber nur in den äußerlichen Äußerlichkeiten. Sonst wohl seit geraumer Zeit ohne festes Engagement, dem Erwerb nach (von außen gesehen) Lehrer für dramatischen Unterricht, genau gesehen: ein besserer Eintänzer ohne Tanzverpflichtung, sozusagen Ausgehpartner für unzweifelhaft zweifelhafte Weiblichkeit. Es war Jessika, wie sie in diesem Augenblick feststellte, von jeher unverständlich, weshalb Marjorie diese Bekanntschaft mit einer sonst bei ihr nicht gewohnten Beharrlichkeit aufrecht erhalten hatte. Sie entsann sich dass die Freundin erst vor wenigen Tagen mit Aribert Wartenburg ein Tonfilmatelier besucht hatte – der Hofschauspieler befasste sich auch mit der Vermittlung von Filmengagements. Gerade an jenem Abend des Atelierbesuches war es zu einer erregten Szene zwischen Marjorie und ihrem Begleiter gekommen. Jessika war zum Teil unwillkürliche Mithörerin der Auseinandersetzung, bei der auch von Geld die Rede gewesen war.

Jetzt musste aber etwas geschehen. Sie fühlte sich merkwürdig sicher und selbständig. Sie rief das Überfallkommando an und gab so genaue Auskünfte, dass von dort aus bereits die Verständigung der Mordkommission erfolgen konnte.

Dann ging sie, eigentlich ohne irgendwelche Hast, in die Halle hinunter, wenige Minuten später kamen die Portiersleute, notdürftig bekleidet, nach dem oberen Stockwerk und blieben besorgt an der Schwelle der Türe zum Totenzimmer stehen.

Ganz Dame des Hauses – so empfing Jessika die uniformierten Beamten des Überfallkommandos, und wenige Minuten später die Herren der Mordkommission.

Eigentümliche Apparate wurden herbeigeschafft, mit außerordentlicher Geschwindigkeit, mit nur ganz wenigen, geflüsterten Befehlen, schien der Apparat wie die Arbeit eines vollendet abgestimmten Ensembles zu funktionieren.

Magnesiumlicht flammte an verschiedenen Stellen des Zimmers auf, Aufnahmen zur Sicherstellung des Tatbestandes in seiner ursprünglichen Form waren gemacht worden. Die Waffe am Fußboden wurde mit einem Instrument hochgehoben, um etwaige Spuren von Fingerabdrücken nicht zu zerstören.

Ein Herr in mittlerer Größe, übrigens eine durchaus unauffällige Erscheinung, lediglich gekennzeichnet in besonderer Weise durch eine unbetonte Entschiedenheit des

Wesens, bat Jessika nach ihrem Boudoir. Er stellte sich vor: Kriminalrat Koppen. Dann machte er zwei seiner Beamten bekannt. Jetzt sprach er, und seine Stimme klang ausgesprochen angenehm:

»Wollen Sie doch bitte Platz nehmen, gnädige Frau. Ich muss Sie mit einer Reihe von Fragen behelligen. Das lässt sich nun einmal nicht vermeiden. – Die Tote ist Ihnen näher bekannt?«

Jessika sah dem Beamten voll ins Gesicht:

»Die Ermordete –«

Der Beamte lächelte einen Augenblick gezwungen:

»Treffen Sie bitte, gnädige Frau, nicht vorweg Feststellungen, die keineswegs beweisbar sind. Wir wissen nur von einer Toten. Wir wissen aber nichts von einer Ermordeten. Es kann sehr wohl Selbstmord vorliegen. – Sie kannten die Tote also genau?«

»Ja. Marjorie Sulkowska lebte seit Jahren in meinem Hause. Wir gingen seinerzeit zusammen auf die Universität. Das war – warten Sie einmal – vor sechs oder sieben Jahren. Ein Jahr nach unserer damaligen Bekanntschaft heiratete ich und gab das medizinische Studium auf. Marjorie zog vor etwa drei Jahren zu mir, selbstverständlich ohne ihre wirtschaftliche oder persönliche Unabhängigkeit irgendwie aufzugeben. Das war alles zur Zeit meiner ersten Ehe – ich weiß nicht, ob es Ihnen bekannt ist, Herr Kriminalrat, dass ich vor meiner Verheiratung mit José von Aarensholt die Gattin von Generaldirektor Meinhard Luwenius war –«

»Das ist mir selbstverständlich bekannt, gnädige Frau!«, sagte der Beamte. »Meine folgenden Fragen, gnädige Frau, bitte ich, nicht als persönliche Neugier werten zu wollen, sondern als rein beruflich bedingtes Interesse. – Ihr erster Gatte war Generaldirektor Luwenius. Sie lebten in außerordentlich günstigen Vermögensverhältnissen. Dies Haus hier stammt wohl noch aus seiner Zeit! – In Ihrer zweiten Ehe, gnädige Frau, scheint sich aber, soviel man hört, Ihre wirtschaftliche Situation verändert zu haben. Herr von Aarensholt ist zwar als Sportsmann mehrfach hervorgetreten, aber die von ihm geführte Firma befindet sich doch seit geraumer Zeit in Liquidation. Wir hatten – ich bin gezwungen, Ihnen das heute zu sagen – vor einiger Zeit uns dienstlich mit geschäftlichen Angelegenheiten Ihres jetzigen Gatten zu befassen. Aber das nur nebenbei. – Immerhin ergab es sich, dass Ihr beiderseitiger Status ohne die Beihilfe Ihres früheren Gemahls für Sie nicht aufrecht zu erhalten wäre. – Herr von Aarensholt ist nicht zugegen?«

Jessika schwieg. Die kurzen und sachlichen Mitteilungen des Kriminalrats – so sehr sie um alle diese Dinge wusste – bedrückten sie. Wusste die Polizei wirklich alles? – Sie erwiderte langsam:

»Mein Mann befindet sich meines Wissens auf der Rückfahrt nach Berlin. Er hat auswärts zu tun. Vielleicht sind seine geschäftlichen Unternehmungen tatsächlich wenig vom Glück begünstigt. Aber das mag auch in der überaus schwierigen allgemeinen Wirtschaftslage begründet sein.«

»So. Darf ich Sie nun fragen, wann Sie sich zuletzt mit Fräulein Marjorie Sulkowska gesehen haben – erzählen Sie mir überhaupt alle Einzelheiten Ihres letzten Zusammenseins mit ihr, und die des heutigen Abends. Ich darf erwähnen, dass auch nebensächliche Kleinigkeiten für unsere Arbeit von Wichtigkeit sein können.«

»Zuletzt war ich mit Marjorie nachmittags zusammen. Wir nahmen den Tee gemeinsam hier ein. Dann fuhr ich zur Oper. Ich besuchte die Festaufführung der Meistersinger mit einem guten Bekannten –«

»Ich darf Sie bitten, gnädige Frau, mir zu verraten, mit wem Sie dieser Vorstellung beiwohnten?«

»Es ist Professor Doktor Arthur Lohner. Der Internist.«

»Der Name ist mir geläufig«, nickte der Kriminalrat. »Erzählen Sie bitte weiter.«

»Nach der Vorstellung fuhr ich gemeinsam mit Professor Lohner nach Hause. Das heißt, er stieg unterwegs aus – wie er sagte, um noch ein wenig Luft zu schnappen. Es war unmittelbar in der Nähe seiner Wohnung. Als ich nach Hause kam, bemerkte ich Mantel und Hut, in welchen meine Freundin das Haus verlassen hatte. Es schien mir sicher, dass sie daheim sein müsse, denn vor dem Ankleiden pflegte sie ihre Sachen immer mit auf ihr Zimmer zu nehmen.«

»Wie war Ihr letzter Eindruck von Fräulein Sulkowska – ich meine, am Nachmittag, oder als Sie sich von ihr verabschiedeten?«

»Es fiel mir an ihr nichts Besonderes auf. Sie war gut aufgelegt – ich möchte sagen, wie fast immer. Ich halte einen Selbstmord für ausgeschlossen –«

In diesem Augenblick betrat ein Polizeibeamter nach kurzem Klopfen den Raum. Er überbrachte dem Kriminalrat eine Waffe; offenbar jene, die auf dem Fußboden gefunden worden war. Gleichzeitig gab er seinem Vorgesetzten ein weißes Blatt Papier mit mehreren dünnen schwarzen Flecken.

Der Kriminalrat prüfte die Waffe und das Papier. Dann sagte er:

»Gnädige Frau, die Frage, ob Selbstmord oder Mord – ist entschieden. Die Waffe zeigt am Griff, am Knauf und sogar an der Seite des Abziehbügels, sowie links am Laufhalter die unzweifelhaften Fingerabdrücke der Toten. Sie werden sicher so viel über Daktyloskopie wissen, dass dieser Beweis absolut schlüssig ist. – Nun, gnädige Frau, muss ich Ihnen leider eine Frage vorlegen, die – wie soll ich sagen – persönlichste Angelegenheiten der Verewigten betrifft. Sie waren ihre intimste Freundin. Können Sie mir sagen, wer ihr nahe gestanden hat?«

»Ich wüsste eigentlich nicht – das heißt – Marjorie war ein sehr lebenslustiger Mensch, von einer sehr heutigen, also sozusagen selbstständigen Lebensauffassung – ich glaube – auch wenig behindert durch Hemmungen – aber ich weiß wirklich nicht –«

»Ich sagte schon, dass ich nicht aus Neugierde frage, sondern aus Zwang. – Wir glauben zu wissen, dass Ihr früherer

Gemahl, gnädige Frau, mit Fräulein Marjorie Sulkowska
– wie soll ich mich denn ausdrücken, um weder Sie noch
die Tote zu verletzten –, also – ich meine, dass er mit ihr
zumindest sehr befreundet war. Dann – aber vielleicht ist es
richtiger, wenn *Sie* mir Näheres sagen?«

Das Verhör begann Jessika unangenehm zu werden. Sie
wurde sich auch keineswegs schlüssig, ob sie etwa dem Kriminalrat wirklich Dinge sagen sollte, die sie selbst nur als
ganz lose Vermutungen empfinden konnte. Sie deutet ihm
dies und jenes an, mit großer Vorsicht, stets bereit, das entscheidende Wort ihrer Aussage sogleich wieder durch eine
Hintertüre entschlüpfen zu lassen.

Der Kriminalrat machte sich eine Reihe von Notizen. Er
kam nochmals, und zwar in keineswegs angenehmer Weise,
auf Herrn José von Aarensholt zu sprechen. Dann gab er
die notwendigen weiteren dienstlichen Anweisungen, ins-
besondere die Obduktion der Toten betreffend. Bevor er
sich entfernte, betonte er nochmals Jessika gegenüber,
dass es sich offenbar um einen Selbstmord handeln müsse
– und dass es jetzt nur noch darauf ankäme, einwandfrei die
Motive der Tat zu klären.

Jessika geleitete die Herren bis zur Treppe in der Halle.

Als sie – ganz langsam und offensichtlich beschwert – in
ihr Boudoir ging, stand ihr ein junger Mann gegenüber, von
dessen Kommen sie nichts bemerkt hatte. Sie erschrak. Aber
von dem Fremden ging ein eigentümliches sympathisches
Fluidum aus. Es war offenbar einer jener Menschen, denen
man von vornherein nicht recht zu zürnen vermochte.
Bevor sie noch fragen konnte, gab er bereits eine Antwort:

»Mein Name ist Somlay. Vom Tageblatt.«

Sie blickte ihn überrascht an:

»Wie kommen Sie hierher? Woher wussten Sie –«

Er lächelte:

»Berufsgeheimnis, gnädige Frau. Ein Reporter muss
doch solche Dinge immer rechtzeitig wissen. Ein Mord wie
dieser hier –«

Sie starrte ihn an:

»Ein Mord – sagen Sie?! Woher –« Sie überlegte einen Augenblick, dann fragte sie ihn: »Haben Sie denn, wenn Sie so viel wissen, nicht auch Kenntnis von der Ansicht der Polizei? Dass es sich also keineswegs um einen Mord handelt, sondern – um einen – unzweifelhaften Selbstmord!?«

Er sah sie sonderbar an:

»Wir beide – gnädige Frau – Sie und ich – wir beide wissen, dass es sich um einen Mord handelt. Und ich weiß auch ganz genau, dass Sie alles daran setzen werden, um den Mörder ausfindig zu machen. Vorgestern Abend im Varieté – Sie saßen mit Marjorie Sulkowska ganz vorne in der ersten Reihe – ist Ihnen da nichts aufgefallen? Ich meine – als der Neger Wilcox gearbeitet hat?«

Jessika empfand ein leichtes Erschauern:

»Ich weiß nicht, was Sie meinen –«

»Ich meine, gnädige Frau, dass möglicherweise in der Reihe der Persönlichkeiten, die für die Tat in Frage kämen, der Neger keineswegs an letzter Stelle stehen müsste. Aber bevor wir uns auf Einzelheiten einlassen – für mich bedeutet der Mord, da ein Zufall mich gerade jetzt hierher geführt hat, eine Sensation ersten Ranges – zumal hier die Frage nach dem Täter wirklich die Jagd lohnt. Denn es ist doch immerhin bemerkenswert – nicht wahr, gnädige Frau – dass Sie restlos von einem Mord überzeugt sind – bis auf den einzigen Punkt – nämlich die verschlossene Tür. Alles lässt sich tadellos erklären. Aber wer hat die drei Schlösser des Portals unten wieder verschlossen, nachdem sich der Mörder entfernt hatte? Außer Ihnen, Ihrem Gatten und der Toten besitzt sonst niemand Schlüssel zu diesem Haus. Nicht einmal die Pförtnersleute. Die Schlüssel der Verstorbenen liegen aber noch vor ihr auf dem Tisch.«

Sie starrte den Reporter beinahe fassungslos an:

»Um Gottes willen – woher wissen Sie denn das alles – das ist ja unerklärlich.« Sie wusste nicht, was sie sagen sollte, aber es war ihr in diesem Augenblick klar, dass der

Eindringling ganz offenkundig ihre innersten, wenn auch ganz unbewussten Gedanken erfasst – und ihnen Ausdruck verliehen hatte.

Somlay lächelte:

»Das, mit den Schlüsseln weiß ich durch ein zufällig erlauschtes Gespräch zwischen dem Pförtner und seiner Frau. Vieles andere ist Kombination – oder Intuition; ich möchte mich da auf den Ausdruck nicht so sehr festlegen. Aber wir beide, gnädige Frau, haben das gemeinsame Interesse: den Täter zu finden. Sie – aus – hm – Rache. Ich aus beruflichem Interesse. Vielleicht auch aus sportlichem. Wollen wir gemeinsam –?«

Sie fasste ihren Entschluss in einem einzigen Augenblick:

»Wenn Sie mir helfen wollen – einverstanden!« Sie reichte ihm die Hand.

Und dann erzählte sie ihm mit jener merkwürdigen Offenheit, die nur einem ganz spontanen Gefühl entspringen kann, alle ihre Vermutungen, ihre Hypothesen, die Verdachtsmomente – – –

Sie verabredeten sich für den nächsten Tag, schon früh morgens.

Es war im ersten Morgengrauen, als sich Jessika zu Bett legte.

Immer wieder durchwirbelte sie der Fragenstrom – – –

Wer – wer – wer?

Die vier Männer, die nach ihrem Empfinden irgendwie mit der Tat im Zusammenhang stehen konnten, stiegen ununterbrochen vor ihr auf und ab. Aber welcher von allen mochte es gewesen sein?

Oder vielleicht keiner von ihnen?

Sie schlief erst sehr viel später und bleiern schwer ein.

Der Neger Wilcox
Richard Huelsenbeck

Der Neger Wilcox bestellte gerade ein Holsteinschnitzel, als die Restauranttür gedreht wurde und zwei Herren eintraten, denen man auf den ersten Blick ansah, dass sie nicht des Essens wegen in den »Strand von Palermo« kamen.

»Sie sind wohl Artist«, sagte einer von den Herren zu Wilcox, nachdem er seine Melone nebenan auf den Stuhl, und auf die Melone sorgfältig die Handschuhe gelegt hatte.

Wilcox war nicht dumm, er sah gleich, dass es sinnlos wäre, sich zu sperren oder gar sich zu wehren. »Ich bin Artist«, sagte er, und während er das sagte, wusste er, er würde sein Holsteinschnitzel nicht zu Ende essen.

»Man macht mancherlei Damenbekanntschaften als Artist, nicht wahr?«

Diesmal kam die Stimme von dem anderen Mann, und Wilcox begriff, dass man sich so neben ihn gesetzt hatte, dass jede seiner Bewegungen gut zu überwachen war. Er legte Messer und Gabel hin und versuchte zu lächeln. Fast alle anderen Tische standen leer. Der Kellner, ein Mann mit rosigem Apfelgesicht und hervortretenden Augen, sah dumm von der Theke herüber.

»Gehen Sie bitte unauffällig mit uns hinaus«, sagte der Mann, der die Melone weggelegt hatte, »Sie werden von der Polizei gesucht.«

»Ich möchte zahlen«, sagte Wilcox. Der Kellner kam und kassierte ab. Die drei Männer schritten einträchtig zur Tür hinaus.

»Kein schlechtes Lokal, dieser, Strand von Palermo‹«, sagte der Melonenmann, »aber wir müssen Sie leider verhaften. Sie stehen im Verdacht, einen Mord begangen zu haben.«

Kriminalrat Koppen drückte auf den Klingelknopf, ein Wachtmeister erschien.

Die Sonne warf dünne Strahlen über das Fensterbrett und erzeugte einen Reflex auf dem Tintenfass.

Koppen wandte sich an den Neger, der aus der Untersuchungshaft vorgeführt wurde.

»Nehmen Sie Platz. Eine Zigarette gefällig? Ich möchte mich einmal in Ruhe mit Ihnen unterhalten, Herr Wilcox …«

»Ich bin unschuldig«, sagte Wilcox.

Koppen machte eine beruhigende Handbewegung.

»Umso besser …«

Wilcox verlor sich in Erinnerungen an seine Jugend. Er war in Westindien, in Jamaika geboren und sprach besser englisch als deutsch. Sein Vater war zu Tode gekommen, als ihm beim Baumwolleverladen ein Schiffshaken den Schädel zerschmetterte.

»In den Vereinigten Staaten haben wir Neger nicht viel zu melden«, erzählte Wilcox, »wir müssen froh sein, wenn wir uns als Tellerwäscher oder Nachtportiers durchschlagen …«

An einem Augenzwinkern des Mannes vor ihm merkte Wilcox, dass er zu weit ausgeholt hatte. Wie ein Neger sich durch die Welt schlägt, stand hier nicht zur Debatte.

Als Artist lernte Wilcox mancherlei. Man konnte die Bekanntschaft von Damen machen, die sich für Muskulatur interessierten. Da das als Tellerwäscher ganz ausgeschlossen war, begann er die Bühne zu lieben, und er beschloss, nicht mehr darüber erstaunt zu sein, dass man mit Stepptanz (er hatte schon in Jamaika gesteppt, als er ein kleiner Junge war) Geld verdienen konnte.

»Wann haben Sie Marjorie Sulkowska kennengelernt?«, fragte Koppen mit unbeirrbarer Sachlichkeit.

Es dauerte eine ganze Weile, bis Wilcox begriffen hatte, dass man ihm und keinem anderen den Mord in die Schuhe schieben wollte. Er zitterte.

»Wir wissen alles«, sagte Koppen, »erzählen Sie uns, was an jenem Nachmittag geschah. Es steht fest, dass Sie mit

Marjorie Sulkowska die Aarensholtsche Villa betreten haben. Nachdem die Obduktion der Leiche ergeben hat, dass die tödliche Kugel nicht in den Revolver passt, der neben dem Lehnstuhl gefunden wurde, kommt nur ein Mord in Frage. Alle Anzeichen sprechen dafür, dass dieser Mord von dem Mann begangen worden ist, der zuletzt mit der Sulkowska zusammen war. Das sind Sie gewesen – können Sie das leugnen ...?«

Wilcox sah, dass ihm die Zigarettenasche auf das Jackett gefallen war. Er begriff mit furchtbarer Deutlichkeit, dass es ihm kaum gelingen würde, seine Unschuld zu beweisen.

Am Abend dieses Verhörs brachte Somlay folgende Schlagzeile ins Tageblatt:

»Wilcox kurz vor einem Geständnis«.

Aber es kam anders. Als Wilcox wieder vor Koppen saß, war seine Ruhe größer. Er unterschied deutlich die Gegenstände des Zimmers. Die berufliche Kahlheit erschreckte ihn nicht mehr. Die riesigen Bücherregale erregten keine Furcht mehr in ihm. Seine Stimme bekam den metallenen Klang, den man hörte, wenn er beim Stepptanz kleine Schreie ausstieß.

»Frau Sulkowska«, sagte er, »kannte ich seit mehreren Monaten. Sie hatte mir einen Brief geschrieben und mir mitgeteilt, sie interessiere sich für meine künstlerische Laufbahn.«

»Hat sie Ihnen etwas von ihren Geldverhältnissen erzählt ...?«

»Sie hat gesagt, sie sei wohlhabend, sie hat auch öfter für mich bezahlt ...«

Nachdem Koppen vergeblich versucht hatte, Wilcox geldliche Motive unterzuschieben, begann er den Begriff Eifersucht in die Diskussion zu ziehen. Geld und Liebe – das waren die beiden Hauptgründe für einen Mord.

Es war aber keinerlei Anhaltspunkt dafür vorhanden, dass Wilcox aus Eifersucht gehandelt haben könnte. Zwar war das Liebesleben der Toten noch nicht hinreichend erforscht, so viel konnte aber schon gesagt werden, dass sie viele Liebhaber gehabt hatte, von denen Wilcox unmöglich etwas wissen konnte.

Unter dem Titel »Der mysteriöse Nachmittag« ließ sich Somlay in mehreren Spalten über die Gründe aus, die Marjorie Sulkowska veranlasst haben könnten, den Neger Wilcox mit sich in die Villa zu nehmen, von der sie wusste, dass sie leer stand.

Jessika hatte Somlay offen gesagt, dass zwischen ihrem Mann und Marjorie sehr freundschaftliche Beziehungen bestanden hatten. Seit längerer Zeit war die Aarensholtsche Ehe zerrüttet. Das Verhältnis zwischen Marjorie und Jessika hatte sich deswegen nicht gelockert, aber zwischen Jessika und ihrem Mann herrschte ein sehr gespanntes Verhältnis.

Für Somlay, der ein fixer Denker war, lagen die Verhältnisse klar. Die Tatsache, dass Marjorie ihn geliebt hatte, wenn auch nur für kurze Zeit, hatte den Neger völlig verändert. Marjorie hatte selbst gesagt, sie hätte »das schwarze Tier geduckt ...«

Hier musste die Sexualpsychologie zu Hilfe geholt werden. Wozu hat schließlich ein Krafft-Ebing gedacht? Wozu hat dieser Havelock Ellis dicke Bücher geschrieben?

Mit einfachen Worten ausgedrückt: Der Neger war der Ermordeten liebeshörig. Ein Neger verfällt einer weißen Frau sehr leicht. Wenn er aber das Glück hat, mit einer in großem Luxus lebenden Frau zusammenzukommen, hält seine primitive Seele nur in den seltensten Fällen stand.

Es ist zweifellos, dass der Neger, der solch unerhörte Genüsse kennengelernt hatte, Marjorie immer wieder bedrängte, das alte Verhältnis fortzusetzen. Er wusste aber nicht, dass sich die Dinge entscheidend zu seinen Ungunsten geändert hatten. Marjorie und Jessika hatten einige Tage vor dem Mord eine Aussprache wegen José gehabt. Jessika hatte Marjorie gesagt, dass sie der Freundin nichts in den Weg legen würde, wenn sie José heiraten wolle ...

»An jenem mysteriösen Nachmittag«, schrieb Somlay, »wollte Marjorie Sulkowska unter die Beziehung zu Wilcox, die ihr sehr unangenehm zu werden begann, einen Strich machen. Sie benutzte die Abwesenheit des Aarensholtschen Ehepaares, um Wilcox zu einer Aussprache zu sich zu bitten. Sie hat ihm dann alles gesagt. Bei einem primitiven Menschen funktioniert die Liebe anders als bei einem Zivilisierten. Als Wilcox erfuhr, er müsse für immer verzichten, ist er von seinen kaum gezähmten Instinkten überwältigt worden …«

So schrieb Somlay, und Jessika war geneigt, diesen Kombinationen Glauben zu schenken.

Doch stellte sich bald heraus, dass alles, was in so schönen Sätzen auseinandergelegt war, den Tatsachen nicht entsprach.

Schon am nächsten Tag hatten die Kriminalbeamten in der Nähe des Revolvers einen Knopf gefunden, den sie zwar gewissenhaft registrierten, mit dem sie aber nicht das Geringste anzufangen wussten. Es handelte sich um einen Mantelknopf, der auf der Rückseite den Namen Le Père et Frères trug. Was das bedeutete, schien erst klar zu werden, als Koppen sich erneut mit dem mutmaßlichen Mörder Wilcox bei einer Zigarette unterhielt.

Wilcox war wirklich nichts mehr und nichts weniger als ein Primitiver. Sein Denkapparat funktionierte anders als der der Europäer. Während die Zeitungen sich schon über seine Schuld einig waren, und jedermann es als eine bequeme Lösung empfand, dass ein Farbiger, also ein außerhalb unserer Zivilisation stehender und darum mutmaßlich halbvertierter Mensch, diesen bestialischen Mord begangen habe, wurde der Artist sich erst langsam darüber klar, weshalb Marjorie ihn an jenem Nachmittag in die Villa gebeten hatte.

Sie hatte ihn geholt. Sie wollte also etwas von ihm. Während Jessika die Oper besuchte, war sie in seiner Wohnung gewesen und hatte ihn himmelhoch gebeten, mit ihr zu kommen.

Warum?

»Sagen Sie nun endlich warum?«, sagte Kriminalrat Koppen, »Es ist an der Zeit – schließlich geht es ja um Ihren Kopf, Wilcox ...«

»Sie hatte Angst«, sage Wilcox, »ich entsinne mich genau. Sie wollte vor jemanden geschützt werden ...«

»Und das sagen Sie uns jetzt erst ...«

Wilcox deutete an, dass er in der Nähe Marjories immer wie im Traum gewesen sei. Er sei so in sie verliebt gewesen, dass er ihre Worte nur entfernt wie durch einen Nebel gehört habe.

Wilcox erzählte: »Sie kam und sagte, ich solle mit ihr gehen und nichts weiter tun als zwei Stunden bei ihr sitzen. Es könne etwas Grässliches geschehen. Ich sei der einzige Mensch, auf dessen Körperkräfte sie vertraue ...«

»Wann trafen Sie mit Frau Sulkowska in der Aarensholtschen Villa ein?«, fragte Koppen.

»Es kann gegen fünf Uhr gewesen sein«, sagte Wilcox.

Dann: »Sie schloss das Haus auf, wir traten in die Vorhalle, wo der große Stuhl stand. Marjorie hing ihr Jackett und ihren Hut in die Garderobe und sagte, sie müsse für einen Augenblick in ihr Zimmer gehen. Sie ging fort, die Wendeltreppe hinauf ...«

»Sie blieben also allein zurück?«

»Jawohl!«

»Wie lange dauerte es, bis Frau Sulkowska zurückkam?«

Wilcox dachte nach. Er konnte es nicht sagen. Er hatte keinen Sinn für Zeit. Etwas aber wusste er nun: die Sache mit dem Telefongespräch.

Als er Marjorie verlassen wollte, hatte sie ihn sehr gebeten, noch so lange zu warten, bis das Gespräch aus Paris gekommen sei.

»Davon haben Sie uns ja bisher überhaupt nichts gesagt«, bemerkte Koppen unwillig.

Wilcox entschuldigte sich. Koppen fragte:

»Wann kam das Gespräch?«

»Kurz bevor ich ging. Es mag halb acht Uhr gewesen sein. Ich musste Marjorie verlassen, weil um acht Uhr meine Arbeit begann …«

»War Frau Sulkowska ruhiger, als das Telefongespräch erledigt war …?«

»Sie schien mir ruhiger zu sein«, sagte Wilcox.

Es war für Koppen klar, dass Wilcox die Wahrheit sprach. Er erinnerte sich sofort des Mantelknopfes mit der Inschrift Le Père et Frères. Der Knopf war also aus Paris. Zu dem Knopf gehörte ein Mantel aus Paris und zu dem Mantel ein Mann aus Paris.

Es konnte kein Zweifel sein, dass die Sache mit dem Pariser Gespräch und die Sache mit dem Knopf zusammenhingen. So viel wurde deutlich: Allein konnte der Artist die Sulkowska nicht getötet haben. Da ihm aber weder Helfershelfer noch eine Waffe nachzuweisen waren, in die die Kugel passte, konnte alles, was er sagte, stimmen.

Somlay musste einsehen, dass er sich geirrt hatte. Er bereitete seine Leser schonend darauf vor, indem er sagte, man habe eine neue Spur entdeckt. Die neue Schlagzeile hieß:

»Knopf klärt Frauenmord«.

An dem Tage, an dem der Artist Wilcox vorläufig aus der Untersuchungshaft entlassen wurde, erhielt Jessika ein Telegramm von ihrem Mann aus Madrid: »Lese in deutschen Zeitungen grausiges Unglück. Komme Flugzeug. Morgen Abend Tempelhof. José.«

Die verlorenen Schlüssel
Gabriele Tergit

Jessika wurde auf die Polizei geladen.

Koppen fragte: »Besaß Ihre Freundin einen Revolver?«

»Nein«, sagte Jessika.

»Das heißt«, sagte Koppen, »Sie wissen, dass sie keinen besaß?«

»Nein«, sagte Jessika. »Das natürlich nicht.«

»Also, Ihre Freundin besaß einen Revolver?«

»Nein, ich meine, ich weiß nicht, ob meine Freundin einen Revolver besaß.«

»Halten Sie es für wahrscheinlich?«

»Nein«, sagte Jessika.

»Warum nicht?«

»Weil ich mit Marjorie zusammen ihre Koffer ausgepackt habe und weil wir dabei keinen Revolver auspackten.«

»Glauben Sie, dass Marjorie sich später einen Revolver angeschafft hat?«

»Nein.«

»Warum nicht?«

»Weil Marjorie eine lebenslustige, unbeschwerte Natur war, weil sie gar keinen Grund hatte, weil ich alles von ihr wusste, nein, ich kann es mir nicht denken, das ist ja unmöglich.«

»Es ist aber kein Zweifel, dass der Revolver die Fingerabdrücke von Fräulein Sulkowska trägt. Kein Zweifel ist daran möglich. Die Kugel aber passt nicht. Dazu kommt, dass in dem Trommelrevolver noch fünf Schuss stecken, dass ein sechster Schuss fehlt. Frischer Pulverschleim ist vorn an der Mündung. Wann wurde der sechste Schuss abgegeben? Gnädige Frau, von wem fühlte Marjorie sich in letzter Zeit bedrängt?«

»Soviel ich weiß, fühlte sie sich nicht bedrängt.«

Koppen fragte nicht weiter. Jessika ging.

»Frauenmord immer mysteriöser«, schrieb Somlay.

Somlay ging der Frage des sechsten Schusses nach. Wenn tatsächlich der sechste Schuss verschossen war, die Kugel aber im Zimmer nicht zu finden, so musste ein Mensch verletzt sein. Nachfrage in allen Krankenhäusern war notwendig. Inzwischen hatte die Obduktion einen außerordentlich merkwürdigen Tatbestand ergeben, nämlich einen doppelten Schusskanal. Der eine Einschuss lag am rechten Schulterblatt, war also ohne Zweifel vom Rücken her von fremder Hand gezielt, der andere ging aber vorn durch die Brust, und zwar lag der Einschuss links, das war der typische Schuss eines Selbstmörders, der mit der rechten Hand aufs Herz zielt.

Eine Umfrage in den Krankenhäusern war erfolglos. Zwei Leute waren in jener Nacht mit Schussverletzungen eingeliefert worden. Beide konnten nachweisen, dass sie in politische Zusammenstöße verwickelt waren. Somlay schrieb: »Wo bleibt der sechste Schuss?«

Niemand anders konnte nach Somlays Meinung in Frage kommen, als José von Aarensholt. Mit ihm verbanden Marjorie intime Beziehungen. Tatsache war, dass Aarensholt von dem ersten Gatten der Jessika, Meinhard Luwenius ausgehalten wurde, da Meinhard weiter eine Rente an Jessika zahlte, von dem der luxuriöse Haushalt bestritten wurde.

Jessika erwog in letzter Zeit immer, José, diesen Abenteurer, durch Scheidung loszuwerden. Was war dann Herr von Aarensholt? Eine höchst fragwürdige Existenz, noch dazu ohne Geld. Vielleicht hatte er Marjorie einen Heiratsantrag gemacht, teils aus Liebe, aber noch mehr aus Furcht vor der Schwere seines Lebens ohne Geld. Marjorie hatte immer noch eine Rente. Vielleicht hat ihn Marjorie abgewiesen, vielleicht hat er dann in Wut, Angst und Verzweiflung geschossen?

Soweit Somlays Vermutungen. Schon stand sein Artikel im Blatt: »Der Gatte der Freundin? Neue Spuren im Frauenmord?«

Jessika ging zum Flugplatz Tempelhof, mit sehr bewegtem Herzen. José war ein schöner Mann gewesen, mehr noch elegant. Sie hatte ihn zuerst in einer Hotelhalle gesehen. Später noch einmal in einem Restaurant. Sie hatte, nach bewegtem Vorleben, Angst vor einer neuen Liebe, wollte ihn vermeiden, schicksalshaft traf sie ihn immer wieder, bis er sie eines Abends zum Tanz aufforderte und sofort sagte: »Sie denken, Sie könnten mir entgehen. Nein. Wissen Sie denn, dass ich Sie liebe?«

Tatsächlich ließ Jessika sehr bald darauf sich von ihm umarmen und verliebte sich. Sie ließ sich von Meinhard scheiden, der sich ungemein generös benahm. Aber José war genau so, wie er aussah: ein Zuhälter, gewohnt, von Frauen ausgehalten zu werden. Jessika ihrerseits hatte es nie anders gekannt, als dass sie von Männern mit Geld, Liebe und Geschenken überschüttet wurde. Ihr wurde José sehr bald widerwärtig.

Am Flughafen in Tempelhof stand neben ihr ein Kriminalbeamter und Somlay als José ausstieg. Er umarmte Jessika. Somlay wollte sich sofort José nähern, doch der Kriminalbeamte verhinderte es.

»Verzeihen Sie, dass ich Sie belästigen muss, mein Name ist Schuster, aber ich muss leider mit Ihnen nach Hause fahren«, sagte er. Somlay bat, mitfahren zu müssen. Jessika, deren einziger Vertrauter er nun geworden war, erlaubt es. Somlay wartete, was José sprechen würde.

Somlay sagte: »Sie kannten Frau Marjorie gut, nicht wahr, Herr von Aarensholt?«

»Gewiss«, sagte José sehr zurückhaltend, »ich kannte sie gut, aber meine Frau kannte sie viel besser.«

»Sie waren mit ihr befreundet?«

Der Kriminalbeamte unterbrach. »Ich bitte, Herrn von Aarensholt nicht zu interviewen.«

Schweigend fuhren sie im Auto weiter. Es war dunkel, das Auto hielt vor der Villa im Grunewald. Nur in der Pförtnerwohnung war noch Licht. Hier saßen die Pförtnersleute, die Zofe und der Chauffeur zusammen. Mit ungeheurer Spannung gingen Somlay und Jessika um das Gartenrund.

»Haben sie keine Schlüssel?«, fragte der Kriminalbeamte aus dem Schweigen heraus.

»Du hast doch welche mitgenommen?«, sagte Jessika zitternd.

»So?«, sagte José. »Dann muss ich sie ja auch haben«, und er griff in seine Taschen.

Aber er fand sie nicht.

»Das muss ein Irrtum sein«, sagte er, »ich habe die Schlüssel nicht mitgenommen.«

Die Pförtnersleute öffneten von innen.

Der Kriminalbeamte nahm José, nachdem dieser eine Kleinigkeit gegessen hatte, sofort mit aufs Polizeipräsidium zum Verhör.

Der Kriminalrat Koppen war ungemein liebenswürdig gegen José. »Sie trinken gewiss einen Whisky mit Soda?«, sagte er.

»Gern«, sagte José. »Herr Kriminalrat«, fuhr er fort, »Sie wollen mich hier verhören, ob ich den Mord begangen habe. Es wird Ihnen nicht imponieren, wenn ich Ihnen sage, ich bin unschuldig, aber ich bin es. Ich habe schiefe Geschäftstransaktionen gemacht, aber ich bin kein Mörder.«

»Bitte, wo waren Sie in der Mordnacht?«, sagte Koppen sachlich.

»Ich habe in Görlitz übernachtet.«

»In welchem Hotel?«

»Im Hotel Peter.«

Koppen drückte auf einen Knopf. Ein Kriminalbeamter trat ein.

»Erkundigen Sie sich bitte sofort nach sämtlichen Daten des Aufenthalts von Aarensholt im Peter-Hotel in Görlitz.«

Der Kriminalbeamte ging hinaus.

»Wo sind Ihre Schlüssel, Herr von Aarensholt?«

»Ich weiß es nicht. Ich muss sie im Verlauf dieser Reise irgendwo liegen gelassen haben. Ich kann es Ihnen nicht sagen, so sehr ich mein Gedächtnis anstrenge.«

»Das macht aber einen sehr merkwürdigen Eindruck«, sagte Koppen.

Das Verhör war ohne jedes Resultat. Die Schlüssel besaß Aarensholt nicht mehr. Und er war tatsächlich die ganze Nacht in Görlitz im Hotel gewesen. Was seine Mäntel anbetrifft, so war kein Knopf Le Père et Frères daran.

Aber wem hatte Aarensholt die Schlüssel gegeben? Kein Zweifel für die Kriminalpolizei, dass der Besitzer der Schlüssel der Mörder war.

Jessika ging ruhelos durch das Haus, während ihr Mann auf der Polizei verhört wurde. Vielleicht tat sie Aarensholt Unrecht. Er hatte die Schlüssel nicht mehr. Er war in Görlitz gewesen, die Indizien sprachen dagegen, dass er der Mörder war. Trotzdem kam ihre Ahnung nicht davon los. Ohne Zweifel war José nach ihrer letzten Unterredung, in der sie von Scheidung gesprochen, aufs höchste verzweifelt gewesen. Er war vollständig von Mitteln entblößt. Sie wusste nicht, wo er auch nur das Geld hernahm, um seine Eisenbahnbillets zu bezahlen. Sie hatte ihm zuletzt das Geld verweigert, das Meinhard Luwenius ihr gab.

Es war zehn Uhr, als Somlay ihr gemeldet wurde. »Gnädige Frau«, sage er, »waren Sie schon in Ihrem Boudoir?«

»Nein«, sage sie erschrocken. »Nein, ich sollte alles so lassen, wie es ist. Kriminalrat Koppen wollte noch einmal kommen, um eine genaue Ortsbesichtigung zu unternehmen.«

»Sie werden dann etwas sehr Interessantes entdecken, nämlich − − das Fenster Ihres Boudoirs ist offen und es wurden Blumentöpfe herab gerissen. Der Mörder, dessen Mantelknopf im Zimmer blieb, entkam durchs Fenster.«

Während dieses Gesprächs betrat schon Kriminalrat Koppen mit zwei Kriminalbeamten das Zimmer zu einer zweiten Ortsbesichtigung.

Jessika ging mit. Die Tür zum Boudoir wurde aufgeschlossen und Koppen trat ein. Die Fenster waren nur an-
gelehnt. Koppen sah zum Fenster hinaus. Auf dem Blu-
menbrett des schmalen französischen Balkons fehlte ein
Blumentopf. Die Pförtnersleute wurden geholt. Unter
Weinen sagte die Frau: »Am Morgen haben wir einen zerbrochenen Blumentopf gefunden. Wir haben uns nichts
dabei gedacht.«

»Wo ist der Blumentopf?«

»Auf dem Müll«, sagte die Pförtnersfrau. »Ich hab' mir
doch nichts bei gedacht.«

Die Kriminalbeamten fanden noch Scherben, es waren
keine Fingerabdrücke daran zu finden. War es überhaupt
möglich, vom ersten Stock in den Garten hinab zu gelangen? Kriminalrat Koppen untersuchte bei strömendem
Regen in der Dunkelheit mit den Kriminalbeamten die
äußere Hauswand, es war absolut möglich für einen eini-
germaßen gewandten Menschen, vom Balkon auf die Veranda, von der Veranda auf die Erde zu springen. Somlay
und Jessika sahen sich an: Gewandt war Wilcox, der Neger,
gewandt Wartenburg, gewandt auch José. Die Kriminalpolizei nahm die Fingerabdrücke an Fensterbrett und Fenster-
kreuz. Neben denen der Hausbewohner wurde ein fremder
Fingerabdruck gefunden.

Wartenburg lag noch im Bett, als die Kriminalpolizei am
frühen Morgen zu ihm kam. Das Zimmer Wartenburgs
war ein schlecht möbliertes Zimmer, in einem schlechten
Hause, in der Nähe der Bülowstraße. Auf einem abgesesse-
nen roten Tuchsofa mit Samtapplikationen lagen verstreut
die Kleider. Er war vollkommen verdattert, als die Kriminalpolizei eintrat.

»Bitte nehmen Sie Platz«, sagte Wartenburg.

»Nein, danke«, sagte der Beamte. »Ziehen Sie sich bitte
an und kommen Sie sofort mit.«

Wartenburg zog seltsam elegante seidene Unterwäsche an
und einen sehr guten Anzug. Er wirkte völlig als Hochstap-

ler, als er über den von schlechten Kleiderschränken voll-
gestellten übelriechenden Korridor die fremde Wohnung
verließ, aus der aus allen Türen unfrisierte Frauen sahen.
Wartenburg zitterte an Händen und Füßen, als er dem Kriminalrat vorgeführt wurde.

»Herr Wartenburg«, sagte der Kriminalrat, »ich hoffe,
dass Sie ein ehrliches Geständnis ablegen werden. Wir
haben Ihre Fingerabdrücke auf dem Fenster gefunden. Ihre
Fußspur war im Garten. Kein Zweifel, Sie sind der Mörder.
Seien Sie ein Mann und bekennen Sie sich zu Ihrer Tat.«

»Herr Kriminalrat, ich weiß nicht, wie ich es beweisen
soll, aber ich bin es nicht. Ich will alles sagen, wie es ist, wie
es war. Ich habe den Mord nicht begangen. Ich bin am fraglichen Tage um ¾ 8 Uhr zu Marjorie gekommen. Marjorie
war sehr unruhig. Ich fragte Marjorie, was sei. Sie sagte, es
ständen ihr große Aufregungen bevor. Dann sprachen wir
von einem neuen Engagement, das für uns in Aussicht war,
von den Erfolgen des Negers Wilcox und von Jessika. Marjorie lief öfter hinaus und sah in die Halle. Sie erwartete
jemanden. Wen, sagte sie mir nicht.

Um zehn Uhr etwa hörte ich unten aufschließen. Marjorie sagte: ›Gehen Sie schnell ins Boudoir und warten Sie
dort.‹ Ich ging hinein und hörte einen schweren Männer-
schritt die Treppe hinaufkommen, dann einen Aufschrei,
einen entsetzlichen Aufschrei Marjories. Ich blieb im
Zimmer. Ich hörte dann nichts mehr, wie mir scheint, fast
eine Stunde. Plötzlich fiel ein Schuss und dann noch einer.
Ich lief aus dem Zimmer, fühlte im Dunkeln einen Menschen vorbeigehen; ich wusste nicht, wo der Lichtschalter
war, suchte herum. Inzwischen war der Mensch fort. Er
klappte mit der Tür, ich lief nach, wollte nur hinaus, fiel auf
der Treppe hin, dann dachte ich: Und was ist mit Marjorie? Suchte herum, fand endlich den Lichtschalter und das
Zimmer, in dem ich mit Marjorie gesessen hatte. Machte
auf und sah Marjorie, schrie, rief, ging auf sie zu, Marjorie war tot, kein Zweifel, ermordet. Wer hier gefunden

wurde, musste als ihr Mörder gelten. Ich hatte nur noch einen Gedanken, mich von dem entsetzlichen Verdacht zu retten. Ich lief davon, suchte meine Sachen, nahm Mantel und Hut, lief fort. Das Haus war verschlossen. Ich war eingesperrt. Ich lief wieder hinauf. Ich sagte mir, dass ich und nur ich als Mörder gelten würde: Ich lief ins Boudoir, in dem ich gewartet hatte, sah, dass dort ein schmaler Balkon war, von dem ich auf die darunter liegende Verandadecke steigen konnte, von dort sprang ich drei Meter hoch auf den feuchten, weichen Rasen. Ich tat mir nichts. Ich lief davon, die Gartenpforte war unverschlossen. Ich raste nach Haus. Glauben Sie mir oder glauben Sie mir nicht, Herr Kriminalrat, so waren die Ereignisse der Nacht.«

Erschöpft hielt Wartenburg ein. Koppen beugte sich vor: »Besitzen Sie einen Revolver?«

»Nein.«

»Sie hörten zwei Schüsse?«

»Jawohl.«

»Der Mann ging im Dunkeln an Ihnen vorbei. Hatten Sie das Gefühl, dass er davon eilte?«

»Nein, durchaus nicht.«

»Roch er irgendwie?«

»Ja, es war ein feiner herber Geruch, so wie Männer riechen, die gerade von einem guten Friseur kommen.«

»War er klein, schmal?«

»Ich hatte das Gefühl, er sei ein massiger Mensch.«

Wartenburg war erschöpft. In diesem Moment wurden dem Kriminalrat die Zeitungen gebracht.

Somlay schrieb: »Knopf erklärt doch Frauenmord. Falsche Verhaftungen der Polizei«.

»Unbegreiflicherweise«, schrieb Somlay, »bewegten sich die Nachforschungen der Kriminalpolizei vollständig im Umkreis der Männer, mit denen Marjorie in mehr oder weniger intimen Beziehungen stand, statt mehr auf die Indizien einzugehen. Gibt es einen Berliner Schneider«, fuhr er fort, »bei dem die Knöpfe Le Père et Frères verwandt werden? Es gibt einen, Horstmann & de la Ney, Unter den Linden. Nur im Umkreis der Kundschaft von Horstmann & de la Ney kann der Mörder gefunden werden.«

Koppen war überrascht. Wartenburg wurde in seine Zelle geführt. Auch José war noch auf der Polizei.

Am Nachmittag telefonierte eine Schneiderin mit Jessika. Sie erzählte ihr folgendes: Marjorie war zum folgenden Tag zu einer dringenden Anprobe eines Gesellschaftskleides bestellt gewesen. Sie fuhr fort: »Und denken Sie, gegen Abend telefonierte Fräulein Sulkowska mit mir und sagte: ›Frau Piper, ich kann nicht zur Anprobe kommen.‹ Ich sage: ›Aber gnädiges Fräulein, das ist ja unmöglich, wir werden nicht fertig.‹

›Ach‹ , sagte sie, ›ich gehe nicht zum Ball, es ist die Frage, ob ich es überhaupt noch brauche.‹ Es war mir schrecklich unheimlich, und als ich am Morgen von dem Mord las, dachte ich, ich habe doch so etwas geahnt.«

»Was war es denn für ein Kleid?«, fragte Jessika.

»Ein zauberhaftes, rosa Tüllkleid, mit einer Rosengirlande als Gürtel.«

»Ich verstehe das nicht, sie hatte sich gerade auf dieses Kleid so gefreut und mir gesagt, wie gut es ihr steht.«

»Vielleicht hatte sie eine unglückliche Liebe und es ist doch ein Selbstmord.«, sagte die Schneiderin.

»Nein, nein«, sagte Jessika.

»Aber ich danke Ihnen vielmals, Frau Piper.«

Dann teilte sie das Gehörte Kriminalrat Koppen mit, der schon völlig erschöpft war.

Ivar Kreuger lebt!
Alfred Döblin

Koppen konnte so wenig damit anfangen, wie mit vielem andern. Er saß da und lächelte die Dame Jessika nur müde an: »Erst das mit dem Knopf der Firma Horstmann & de la Ney, dann das Tüllkleid mit Rosengirlande als Gürtel. Ich fühle mich förmlich vor den Kopf gestoßen. Ich finde mich nicht raus.«

Teilnahmsvoll wies die Dame auf den Reporter hin. Solle man ihn hinzuziehen?

»Wozu?«, murmelte entsetzt der preußische Kriminalrat. »Zu mir? Ist er denn ein Arzt?«

»Nein, der Reporter.«

Aber das stachelte den Ehrgeiz des Mannes. Er sprang auf, hob den Hörer des vor ihm in Ruhestellung befindlichen Telefons und gab an eine unerkennbare Stelle, die er durch einen Druck auf einen roten Knopf erhielt, weiter: »Wir fahren zu Horstmann & de la Ney.«

Deutlich kam die Rückantwort aus dem Apparat. »Was wollen Sie denn da?«

»Ein Tüllkleid bestellen, pardon nein, einen Knopf kaufen, mir ist einer abgesprungen.«

Die Stimme verkündete ihr Beileid. Der Kriminalrat hängte ab. Die Dame wies er hinaus, er sei zwei Minuten dienstlich behindert. Bei geschlossener Tür griff er nach seinem Revolver, entsicherte ihn und steckte ihn in seine Aktenmappe, dann stürzte er mehrere Cognacs hinter. In ernster Haltung bot er draußen der Dame den Arm und geleitete sie zu ihrem Auto. Er selbst nahm schnurstracks und durch nichts behindert seinen Weg zu Horstmann & de la Ney. Es erwies sich Unter den Linden, dass die Firma nur de la Ney hieß. Horstmann gehörte nicht dazu.

»Warum?«, fragte streng der preußische Kriminalrat.

»Er hat nie zu uns gehört«, bemerkt die Empfangsdame.

Der Kriminalrat aber ließ sich nicht ins Bockshorn jagen: »Warum hat er nicht zu Ihnen gehört?«

»Ich weiß es nicht«, zitterte die Empfangsdame.

»Das wird sich schon finden«, brüllte der Preuße, fühlte in der Tasche nach seinem Revolver und klopfte an die Tür. Plötzlich fiel ihm ein, dass er als Kriminalkommissar auch ohne anzuklopfen eintreten könnte, wischte rasch über die Stelle, um das Klopfen zurückzunehmen und trat über die Schwelle. Bis zu diesem Augenblick war der Preuße allein mit sich und seinem Revolver. Jetzt wurde mit Wildheit die Korridortür aufgerissen – und da stand er.

»Was wollen Sie?«, schrie der gewandte und mit allen Satteln gewaschene Kriminalist. Es war der jugendliche Reporter.

»Ich will nur zugucken«, erwiderte jener, nicht ohne einen leichten Anflug von Zagheit, die aber seinem kindlichem Gesichte und den edlen Schwingungen seiner Augenbrauen sehr, sehr wohlstand.

Der Kriminalist, nun in seinem Mut gestärkt, drehte sich zurück und waltete weiter seines ihm obliegenden Amtes. Der Reporter heftete sich an seine Spuren. Es gab eine entsetzliche Szene im Schneideratelier. Regale umsäumten in anmutigem Gleichmaß voller nicht ungewollter Symmetrie rechts, links und auch sonst wo das Gemach, das gewiss manches freundliche selbstgefällige, ja vielleicht eitle und leichtfertige Gespräch und manches frivol galante Wort gehört hatte. Nichts davon jetzt.

»Aus welchen Kreisen rekrutiert sich das Publikum«, schrie der Kriminalkommissar Koppen, »das bei Ihnen Knöpfe kauft mit der Firma Horstmann & de la Ney?«

Der Besitzer, ein allseitig angegrauter, aber noch jugendlicher Betrüger von guter Erziehung, stand zitternd vor ihm.

»Aus keinem«, gab er zurück.

»Sie wollen also leugnen, dass Sie solche Knöpfe verkaufen?«

»Unsere Firma heißt de la Ney.«

»Und wo steckt Horstmann?« Der Kriminalrat witterte
schon wieder ein Verbrechen in dieser so überaus komplizierten Sache. Wahrscheinlich hatte man, um den Schein
der Unschuld zu wahren, kaltblütig Horstmann beseitigt.

Der Reporter stand neben dem Verdacht schöpfenden
Kriminalisten, flüsternd: »Es sind zwei Firmen, Horstmann
und de la Ney, möglich.«

»Das wird sich finden«, sagte verächtlich der Kriminalist,
»stellen Sie sich das nur nicht so einfach vor.«

Der Schneider musste seine Bücher zeigen. Inzwischen
wanderten die Blicke des p.p. Koppen und des Reporters
ruhelos durch das Gemach. Ach, wenn doch diese Wände
einen Mund hätten, um all das zu erzählen, was hier jemals
gesagt war! Aber der Schneider zeigte eine verschlossene
Miene. Er murmelte: »Die Geschäfte gehen schlecht, die
Eingänge sind gleich null, was heißt hier Kunden, habe ich
Kunden auf Knöpfe?«

»Etwa auf Tüllkleider?«, fragte herausfordernd der Kriminalrat.

»Wieso?«, sagte der Andere.

»Das fragen Sie sich bitte selbst!«, so wies ihn der Beamte
in seine Schranken.

Der Reporter und Leser dieser Zeilen wird es verstehen.
Bei den weiteren Fragen des Beamten, der sich durch nichts
in der Ausübung seines ernsten Amtes hindern ließ, ver-
wickelte sich de la Ney, wie wir ihn von jetzt ab kurz nennen
wollen, in Widersprüche. Immer wieder behauptete er, die
Geschäfte seien schlecht und dabei seien die Kunden sehr
wählerisch und passen auf alles auf, und es sei ganz aus-
geschlossen, dass von einer Hose der Firma de la Ney ein
Knopf abrisse, es müsste denn gerade sein, dass mit grober
Gewalt, vielleicht unter der Einwirkung starker sinnlicher
Erregung gar zu rasch an den Hosenträgern gerissen würde.
Es wäre dasselbe wie mit Schlüpfern.

Im Moment schoss der Reporter vor, flüsterte dem Beamten ins Ohr: »Eine Spur! Sie hat an dem Hosenträger

gerissen. Er wollte nicht. Erst fiel der Knopf, dann der Schuss.«

»Wer schoss zuerst?«, flüsterte der Beamte.

»Erst sie, das ist der Schuss, der aus ihrem Revolver fehlt. Der mit dem Pulverschleim. Der Schleimschuss. Dann er. Er muss eine Verletzung haben.«

»Dann würde sich doch Blut am Ort finden.«

»Aber sonst wäre bei Jessika die Kugel zu finden. Sie ist kugellos. Also: Er hat sie im Leib. Die staatliche Behörde möge unverzüglich an alle Krankenhäuser telefonieren, ferner durch Rundfunk und Zeitungen bekanntgeben bzw. anfragen, wer in der Nacht von so und so mit einer Kugel, Sie wissen schon.«

Der Beamte hielt alle Spuren in seinem Kopf fest und wandte sich weiter dem so überraschend ergiebigen Schneideratelier zu. Lautlos lagen die Tuchballen auf den Regalen, sie hatten niemals erregtere Stunden gesehen als diese; es war, als ob sie den Atem anhielten. Die Stille vor dem Sturm ging durch den Raum. denn jetzt fasste der preußisch und kriminalistisch einwandfrei durchgebildete Beamte in seinen Mantel und zog eine unscheinbare Schachtel hervor. Bei ihrem Anblick erstarrte dem Schneider das Blut. Es war eine Streichholzschachtel. Aber eine schwedische, und das Geschick des einstmals so gewaltigen Ivar Kreuger hatte sich gerade vor 48 Stunden ereignet und vollendet, und noch wusste niemand, wie es um den einstmals so gewaltigen Mann gestanden hatte. Die Streichholzschachtel sehen und erstarren war bei dem Schneider eins. Der Kriminalrat nahm ihn fürsorglich am Arm, der Reporter rückte einen Stuhl zurecht, der Schneider nahm Platz, sie umstanden ihn in einem Halbkreis. Es war klar, er wollte beichten.

»Erleichtern Sie Ihr Herz, Mann«, flüsterte der ernste Koppen; die Streichholzschachtel, das entsetzliche Symbol, hielt er mahnend, aber milde über ihn, so wie der Priester, der einen Sünder unter andauerndem Läuten einer nahen Kirchhofsglocke ermahnt. Alle wussten, dass die Spuren nach Stockholm oder Paris führten. Weit, entsetzlich weit! Wo sollte das noch enden!

»Mir ist das Rauchen verboten, nehmen Sie die Schachtel weg«, bat de la Ney.

»Wissen Sie auch, was drin ist?«, fragte unbarmherzig der Preuße. Und er öffnete die Schachtel und in ihr lag ein Hosenknopf! Es war zu viel für den Schneider; bitterlich fing er an zu weinen.

»Mein Geld, mein Geld«, schluchzte er.

Der Kriminalist, der fühlte, sein Augenblick sei gekommen, verbot, obzwar es schon finster geworden war, Licht zu knipsen. Er hob seine Stabbatterie und ihr Lichtkegel begann ruhelos und immer ruheloser durch das vom Weinen de la Neys erschütterte Zimmer zu wandern. Und richtig, es liefen Schritte draußen auf dem Korridor, offenbar suchte jemand zu entkommen. Der Kommissar huschte, einem Wiesel in der Gangart nicht unähnlich, an die offene Tür. Und da ein geller Schrei, noch einer, noch einer. Im Ganzen drei. Der Kommissar war im Korridor verschwunden. Niemand im Zimmer regte sich. Und dann draußen noch ein Schrei, ein Rütteln an einer Tür, ein Türfallen, und schwer stand im Türrahmen der Kommissar mit der Stabbatterie in der Linken, in der Rechten einen Tuchfetzen. Er keuchte: »Sie ist entkommen. Sie war es.«

»Wer?«, fragte der Reporter, vollkommen ungläubig. »Es kann doch keine Sie sein. Sie trägt doch keine Hosenknöpfe.«

»Sie haben recht. Sie hielt sich hier nur zum Verstecken auf. Sie ist ein verkleideter Mann. Wir sind endgültig dem Geheimnis auf der Spur.«

Und um es kurz zu machen, flüsterten Kommissar und Journalist sich den gegenwärtigen Stand der Ermordung Marjories in die Ohren, nur die Stabbatterie leuchtete magisch dazu. Der Kommissar: »Er war bei ihr oben, natürlich in Hosen, als Mann. Da geschah es. Marjorie wollte zudringlich werden. Der Knopf riss. Der Schleimschuss hinterher.

Da schoss er auch. Hinterher sah er, was er angerichtet hatte, auch der Knopf fehlte, er warf sich in Damenkleider, es war aber kein Tüllkleid, sehen Sie hier, ein Seidenfetzen.«

»Was aber bewog ihn, jetzt zu de la Ney zu gehen?«

»Dahinter stecken internationale Geheimnisse, die ich nicht anrühren möchte, weil sie zu diplomatischen Verwicklungen führen könnten. Ich sage Ihnen, Kreuger, Ivar Kreuger, lebt. Vielleicht sogar hier. Hier ist die Zentrale. Alle Fäden, auch die gerissenen, führen hierher. Wir werden de la Ney festnehmen. Das ist eine Mörderhöhle. Er hat vermutlich auch Horstmann auf dem Gewissen.«

»Das ist die Firma in der Friedrichstraße am Halleschen Tor.«

»Finte, Finte«, begütigte der seiner und auch unserer Sache nunmehr völlig sichere Kriminalrat, »José von Aarensholt, er war es jedenfalls, der diesen Damenmann angestiftet hatte. Es war nur auf eine Erpressung abgesehen, da stellte sich Liebe ein, unerwartet, ich sehe alles sonnenklar, José ist am Mord unschuldig, aber dieser geheimnisvolle Damenmann, ich nenne ihn Werner, oh, er ist mir entwischt.« Und er brüllte den versunkenen de la Ney an: »Wir wissen alles! Wir kennen auch Werner! Verstehen Sie! Wir wissen, wo Ivar Kreuger ist!« Und ohne eine Antwort abzuwarten, wandte er sich mit dem Reporter zur Tür; seine Mappe vergaß er nicht. Einen verächtlichen Blick warfen sie noch gemeinsam auf den stummen Hehler. Dann hieß es scheiden.

Jetzt werfen wir einen Blick auf Jessikas Villa. Nicht eine Stunde nach jener denkwürdigen Begegnung im Schneideratelier zwischen dem Preußen und dem de la Ney, da wurde es auf der Mansarde der Villa Jessika lebendig. Man hörte es hin- und herlaufen. Die Portiersleute hörten es auch, aber sie fanden nichts. Sie finden nur eine zerknüllte Seidenbluse, die zerrissen war.

Die Frau schimpfte: »Was andres können sie auch nicht raufbringen …«

Die bleiche Marjorie
Manfred Hausmann

Glücklicherweise zog die Hitzewelle, die in den letzten Tagen über Berlin gelegen und die Gemüter aus dem
Gleichgewicht gebracht hatte, langsam weiter. Am Montag-
abend begann es ein wenig zu regnen, während der Nacht
verstärkte sich das Geriesel zu starken Güssen und am anderen Morgen fiel ein solider Dauerregen langsam und un-
aufhörlich über die Stadt. Das veränderte Wetter übte eine
kühlende und ernüchternde Wirkung auf alle aus, die direkt
oder indirekt an dem Fall Sulkowska beteiligt waren.

Als Somlay gegen zehn Uhr in die Feuilletonredaktion
des Tageblattes kam, sagte ihm Kiki, die Sekretärin des
Chefs, im Vorbeigehen, im Sprechzimmer elf warte schon
seit einer halben Stunde ein Dr. Bohner auf ihn.

»Verfluchte Kaffernwirtschaft!«, rief Somlay. »Warum sagt
mir das denn keiner?«

»Ich sage es dir doch«, flötete Kiki.

»Aber eine halbe Stunde zu spät! Die Sache muss noch in
die Mittagsausgabe! Du ahnst ja nicht, was dieser Doktor
bedeutet! In vierundzwanzig Stunden habe ich den Fall Sulkowska aufgeklärt!«

»Wieder mal!«, sagte Kiki.

»Aber diesmal endgültig. Übrigens heißt der Mann nicht
Bohner, sondern Lohner, Dr. Arthur Lohner, Internist,
Clausewitzstraße 27a. Ihr werdet euch alle wundern!«

Er schlug den blauen Aktendeckel mit den Zeitungs-
ausschnitten zu, schob ihn in die Schreibtischschublade
und stürzte, bewaffnet mit einem kleinen Notizblock und
einem ebenso kleinen Füllfederhalter, den Korridor hinab
zum Sprechzimmer elf. Bei seinem Eintritt erhob sich ein
schmaler, dunkler Herr unbestimmbaren Alters.

»Ich bin Ihnen ganz außerordentlich dankbar«, begann
Somlay, nachdem sie sich begrüßt und in den Clubsesseln

niedergelassen hatten, »dass Sie gerade zu mir gekommen sind, Herr Doktor.«

»Keine Ursache. Sie selbst sind schuld daran. Es hat mir an Ihren Artikeln die eine und andere Wendung so gefallen, dass ich mich nun an Sie und nicht an einen der Zuständigen wende. Ich könnte mir denken, dass Sie Ihren Beruf verfehlt haben, Herr Somlay. Sie sollten Kriminalist oder, was im Grunde dasselbe ist, Psychoanalytiker werden.«

Somlay verzog keine Miene.

»Wie ich Ihnen schon gestern Abend telefonisch mitteilte«, fuhr Doktor Lohner fort, »glaube ich ein wenig zur Aufhellung des Dunkels, das über dem Fall Sulkowska schwebt, beitragen zu können. Hier!« Er griff mit Daumen und Zeigefinger in seine rechte Westentasche und holte einen kleinen metallenen Gegenstand heraus. Somlay streckte ihm seine Handfläche entgegen, Dr. Lohner legte den Gegenstand darauf. Es war ein Geschoss.

»Ich könnte mir denken«, sagte Dr. Lohner, »dass dies die sechste Kugel aus dem Trommelrevolver ist, den man neben Marjorie Sulkowska fand. Sie wissen, die sechste Kugel, die nirgends im Zimmer …«

Somlay wusste. Er hob das Geschoss dicht an seine Augen. Schweigen.

Dr. Lohner lehnte sich im Sessel zurück, Somlay ließ das Geschoss auf seiner Handfläche hin und her rollen und suchte nach irgendwelchen Spuren, die ihm weiterhelfen könnten. Nach einer Weile hob er den Kopf und fragte, ob er wissen dürfe, wie Dr. Lohner in den Besitz des Geschosses gekommen wäre, und was ihn zu der Annahme berechtige, dass es sich um die gesuchte sechste Kugel handelt.

Die Fingerspitzen der gespreizten Hände leicht gegeneinander tippend, sagte Dr. Lohner, erstens hätten ihm Somlays Artikel, wie bereits bemerkt, eine gewisse Sympathie eingeflößt, zweitens habe er seine Gründe dafür, dass er nicht selbst mit der Polizei in Verbindung treten möchte, höchst private Gründe übrigens, und schließlich verspräche er sich von Somlays Scharfsinn die Lösung verschiedener Rätsel, die noch vorhanden wären.

Somlay zog die Stirn kraus und verbeugte sich leicht gegen Dr. Lohner.

Diese Kugel, begann Dr. Lohner seinen eigentlichen Bericht, habe er gestern Nachmittag aus dem Oberarm einer Patientin entfernt. Einer ihm unbekannten Patientin, wie er gleich hinzufügen müsse. Er könnte sich denken, dass diese Patientin in der engsten Beziehung zum Fall Sulkowska stünde. Als er in der Mordnacht nach Hause kam – er wäre damals, wie Somlay wohl wüsste, mit Frau Jessika in den »Meistersängern« gewesen – habe im Vorgarten seines Hauses, halb von den Gebüschen verborgen, ein menschlicher Körper gelegen. Kurz und gut, es handelte sich um die erwähnte Patientin. Sie war nicht tot, wie er im ersten Augenblick dachte, sondern nur ohnmächtig. Ohnmächtig aus Schwäche, infolge des sehr starken Blutverlusts, den sie erlitten hatte. Ihr linker Oberarm wies eine Schusswunde auf. Steckschuss. Als er die Frau auf dem Divan seines Sprechzimmers gebettet hatte, war sie für wenige Augenblicke zur Besinnung gekommen und hatte ihn angefleht, auf eine wilde und verzweifelte Weise angefleht, er möchte sie nicht verraten, er möchte sie gesund machen, ohne sie zu verraten. Nachdem er ihr selbstverständlich jede Schonung versprochen hatte, war sie wieder in ihre Bewusstlosigkeit zurückgesunken. Da sie außerordentlich mitgenommen war, konnte fürs Erste an eine Operation nicht gedacht werden. Ja, bis vor wenigen Tagen war es überhaupt zweifelhaft, ob es gelingen würde, sie am Leben zu erhalten. Natürlich hatte er sich, als er dann am nächsten Tage von dem mysteriösen Vorfall im Hause von Frau Jessika las, seinen Teil gedacht. Das Leben seiner Patientin hing an dem bekannten seidenen Faden. Ihm oblag vor allen Dingen, dies Leben zu erhalten. Nichts sonst. So hatte er denn davon abgesehen, sich mit der Polizei in Verbindung zu setzen. Ihn als Arzt ging die kriminelle Seite der Sache nichts an. Er hatte vielmehr ein Interesse daran, jede, auch die kleinste Aufregung von seiner Patientin fernzuhalten. Es war anzunehmen, dass die Kriminalpolizei, wenn man sie einmal benachrichtigt hatte, auf ein baldiges Verhör drängen und den Erfolg seiner Bemühungen in Frage stellen würde. Übrigens, er müsse es noch einmal betonen, liebe er die Polizei nicht. Seit einigen Tagen war nun eine so entscheidende Besserung im Befinden der Patientin eingetreten, dass gestern die Operation hatte stattfinden können. Dort lag die Kugel. Die Patientin würde in kurzer Zeit geheilt sein.

»Und wie heißt sie?«, fragte Somlay hastig. Er hatte schon ein paarmal versucht, Dr. Lohner mit dieser Frage zu unterbrechen.

Geheilt sein, was das Physische betraf. Leider ließ sich das Gleiche von ihrer seelischen Konstitution nicht behaupten. Mit einem Wort: die Patientin habe offenbar eine schwere Schreckneurose erlitten. Dr. Lohner würde sie über kurz oder lang seinem psychiatrischen Kollegen überantworten müssen. In welchem Zustand sie sich augenblicklich befinde, würde Somlay am besten selbst sehen. Er, Dr. Lohner, bäte ihn, sich gegen Abend in seiner Wohnung einzufinden. Der Abend empfehle sich, weil die Patientin um diese Zeit relativ ruhig und vorsichtigen Fragen noch am ehesten zugänglich sei. Vielleicht, dass es Somlays und seinen eigenen Bemühungen gelingen würde, aus der Patientin das eine und andere über ihre Person und über die Vorgänge in der Mordnacht herauszubekommen. Vorläufig sei ihm, Dr. Lohner, nicht das Mindeste bekannt, da die Patientin sich auf nichts, auch nicht auf ihren eigenen Namen besinnen könne. Er könnte sich denken, dass all seine Kombinationen falsch seien. Es wäre nicht anzunehmen, aber er könnte sich's doch denken. Mithin wäre er Herrn Somlay sehr zu Dank verpflichtet, wenn er inzwischen feststellen würde, ob die Kugel in den Revolver, der ja wohl im Besitz der Kriminalpolizei sei, hineinpasse. Auf Wiedersehen denn heute Abend!

Nachdem Dr. Lohner gegangen war, setzte Somlay sich auf den Rand des Clubsessels und spielte eine Weile mit dem Geschoss Fangball. Dann stieß er einen nachdenklichen Pfiff aus, steckte die Hände in die Hosentaschen und wanderte gesenkten Kopfes im Zimmer auf und ab.

In der Mittagsausgabe des Tageblattes war kein Wort zu finden, das sich auf den Fall Sulkowska bezog.

Es war schon dämmerig, als Somlay in die Clausewitzstraße einbog. Der Regen hatte nachgelassen. Eine neblige Feuchtigkeit sickerte herab. Somlay hatte bei der Kriminalpolizei erfahren, dass die Geschichte mit dem Knopf der Firma Le Père et Frères insofern aufgeklärt war, als Kriminalrat Koppen den Einfall gehabt hatte, sich die Mantelknöpfe all der Beamten anzusehen, die bei der ersten Untersuchung im Mordzimmer zugegen gewesen waren. Es hatte sich herausgestellt, dass der Mantel des Assistenten Leberkühn, gekauft in Köln, lauter Knöpfe von Le Père et Frères trug. Der Rückengürtel, für den zwei Knöpfe vorgesehen waren, wies nur einen auf. Kein Zweifel, dass der am Tatort gefundene Knopf Herrn Leberkühn gehörte.

Ferner hatte Somlay mit Koppens Hilfe einwandfrei festgestellt, dass die Kugel nicht nur in den Revolver passte, sondern auch, wie die mikroskopische Untersuchung ergab, aus diesem und keinem anderen Revolver abgeschossen sein musste.

Als Somlay in der Clausewitzstraße angekommen war und abschätzte, wie weit es wohl bis 27a sein möchte, bemerkte er, dass aus dem Vorgartengebüsch, das sich etwa in der Gegend von 27a befand, ein weißes Tuch oder ein weißes Stück Papier auftauchte und wieder verschwand. Unwillkürlich blieb er stehen und duckte sich an das Gitter des Gartens, an dem er gerade entlangging. Da tauchte das weiße Tuch noch einmal auf. Ein Signal! Die Straße war menschenleer. Nur am anderen Ende hielt ein dunkelfarbiges Auto. Und als Somlay sich umsah, entdeckte er zehn

Häuser hinter sich einen mit einem Laken zugedeckten Handwagen. Vorsichtig zog er sich zurück, immer am Gitter entlang, und wartete in der Nähe des Handwagens, bis der Bursche, der dazu gehörte, aus dem Hause zurückkam. Mit Hilfe eines Zehnmarkscheins und einiger geheimnisvollen Andeutungen, als handelte es sich um eine Liebes- und Eifersuchtsaffäre, gelang es ihm, den jungen Mann für seinen Plan zu interessieren. Er kroch unter das Laken, streckte sich zwischen den Pflanzenknollen, Bastkübeln und Blumentöpfen, die darunter waren, aus und ließ sich vor das Haus Nummer 29 ziehen. Der Bursche schlenderte wie suchend noch ein paar Häuser weiter und verschwand dann. Inzwischen hatte Somlay mit seinem Bleistift ein Guckloch in das Laken gebohrt und beobachtete, so gut es ging, das Gebüsch vor Dr. Lohners Haus. Nichts geschah. Schon glaubte er, sich vorhin geirrt zu haben, da fiel sein Blick zufällig auf die Fensterreihe im ersten Stock. Und da sah er – sein Herz setzte aus, ein Schauer des Entsetzens zitterte über sein Zwerchfell hin – da sah er, wie der Vorhang des letzten Fensters links langsam beiseitegeschoben wurde und ein blasses Frauengesicht sich gegen die Scheibe vorbeugte. Es war Marjorie Sulkowska. Die ermordete Marjorie Sulkowska. Er zwinkerte mit den Augen, er drückte die Fingernägel in die Haut über seinen Backenknochen: die Vision hinter der Fensterscheibe blieb. Marjorie Sulkowska. Dieselbe, die er tot und mit herabhängenden Armen auf dem Sessel in Frau Jessikas Zimmer hatte liegen sehen.

Nachdem das bleiche Gesicht eine Weile nach unten geblickt hatte, bewegte es sich langsam und traurig von einer Seite zur anderen, ein langsames Kopfschütteln. Dann stand es wieder regungslos hinter der Scheibe. Wieder verging eine Zeit. Somlay wusste nicht, ob Sekunden oder Minuten. Da erhob die Gestalt langsam ihre Hand, zeigte erst einen Finger, dann zwei und glitt allmählich zurück. Der Vorhang sank herab. Das Fenster sah aus wie die anderen der oberen Reihe.

Nach einer Viertelstunde erschien, wie verabredet, der Bursche und zog den Wagen bis zum Ende der Straße. Das Auto war inzwischen fortgefahren. Somlay kletterte hinaus, verabschiedete sich von seinem Helfer und ging schnell die Straße entlang in der Richtung auf Nummer 27a. Als ihn noch etwa dreißig Meter von Dr. Lohners Haus trennten, öffnete sich die eiserne Gittertür des benachbarten Vorgartens und heraus trat José von Aarensholt. Er kam ihm entgegen, sah ihn aber nicht. Einen Augenblick war Somlay im Zweifel, ob er José unauffällig verfolgen oder Dr. Lohner aufsuchen sollte. Dann entschloss er sich aber, José laufen zu lassen. Vorsichtshalber ging er an Nummer 27a vorbei, blieb vor 33 stehen und schielte nach links. Erst als er sich überzeugt hatte, dass José am anderen Ende der Straße um die Ecke gebogen war, ging er schnell nach Dr. Lohners Haus zurück.

»Sie hatten eben Besuch?«, fragte er sofort den Arzt.

»Eben? Nein. Wie kommen Sie darauf?«

»Interessant!«, sagte Somlay. »Wann kann ich Ihre Patientin sehen?«

»Auf der Stelle. – Wie steht es mit der Kugel?«

Somlay teilte mit, was er in Erfahrung gebracht hatte. »Was ich sagen wollte, kannten Sie eigentlich Fräulein Sulkowska?«

»Obwohl ich schon seit geraumer Zeit mit Frau von Aarensholt befreundet bin, haben wir uns nie getroffen. Ich meine Fräulein Sulkowska und ich. Natürlich hat Frau von Aarensholt des Öfteren von Fräulein Sulkowska gesprochen.«

»Hm«, machte Somlay.

»Ich könnte mir denken, dass wir hinaufgehen. Sie erlauben, dass ich den Führer mache.«

Er führte Somlay eine teppichbelegte Treppe hinauf, über einen kurzen Gang in einen kleinen Salon.

»Bitte nehmen Sie einen Augenblick Platz!«

Somlay setzte sich. Dr. Lohner klopfte leise an eine Seitentür und öffnete sie. Gleich darauf kam er zurück und bat

Somlay, einzutreten. Die Frau, die, ohne von Somlay die mindeste Notiz zu nehmen, auf dem Divan lag, war dieselbe, die aus dem Fenster geblickt hatte. Sie trug den verbundenen Arm in einer schwarzen Binde. Ein paar Sekunden lang konnte Somlay vor Verblüffung und Grauen nichts sagen. Dann beschloss er, alles auf eine Karte zu setzen. Er räusperte sich, verbeugte sich gegen die Liegende hin und sagte mit lauter und klarer Stimme: »Guten Abend, Fräulein Sulkowska! Herr von Aarensholt, dem ich eben im Vorgarten begegnete, bat mich, Ihnen zu bestellen, dass es ihm veränderter Umstände wegen leider unmöglich ist, die soeben getroffene Verabredung für heute Nacht um zwölf Uhr einzuhalten.«

Die Liegende schloss die Augen und streckte mit einer langsamen und zitternden Bewegung ihren rechten Arm nach Dr. Lohner aus, der neben ihr stand.

Drei Schnäpse und zwei Schwestern
Kurt Heuser

Somlay, der wohl schon gehofft hatte, mit diesem direk-
ten und in Anbetracht des Zustandes der Dame geradezu
brutalen Angriff den fast unrettbar verfilzten Knoten des
Falles Sulkowska zu durchschlagen, musste sich fürs Erste
abermals enttäuscht sehen. Auch machte er den Fehler,
seine Aufmerksamkeit allzu sehr auf das Mienenspiel der
Leidenden zu konzentrieren, und so entging ihm der fahle
Blick des Dr. Lohner. Als er aber aufschaute, hatte dieser
sich bereits wieder gefasst. Mediziner sind bekanntlich
Materialisten und Zyniker, und darum verstehen sie es
doppelt so gut wie andere Menschen, ihre Gefühlsregun-
gen zu verbergen.

»Ich habe Ihnen den Zutritt zu der Dame nur unter der
Bedingung gestattet, Somlay«, erklärte er mit bemerkens-
werter Ruhe, »dass Sie ihr Aufregungen ersparen. Ich muss
das Lob, das ich Ihnen gestern spendete, einschränken; ein
Kriminalist mögen Sie ja sein, aber ein Psychoanalytiker
sind Sie gewiss nicht.«

»Nicht ich habe behauptet, dass das im Grunde dasselbe ist«, versetzte Somlay. Wenn er wollte, konnte er
recht ironisch sein. »Vielmehr, wenn ich mich recht entsinne, so waren Sie es, Doktor Lohner.« – »Nun, Fräulein
Sulkowska«, wandte er sich darauf wieder seinem Opfer
zu: »Ich würde gerne die Bestellung, die ich Ihnen von
Herrn von Aarensholt ausrichten sollte, bestätigt bekommen; mündlich genügt ja.« – Wieder beobachtete er sie
haarscharf, und wenn es nicht etwas übertrieben klingen
würde, so könnte man sagen, dass er sie mit dreierlei Augen
betrachtete, nämlich mit denen des Reporters, denen des
Kriminalisten, und schließlich noch mit den Augen des
Mannes, sozusagen also mit Somlays Augen privat. Nur
mit denen des Psychoanalytikers betrachtete er sie nicht,

denn was soll schon an einer Frau, die mit Negern à la Wilcox pennen geht, viel zu analysieren sein? Immerhin, auf das Fehlen gewisser moralischer Hemmungen konnte man daraus schließen, auch ohne sich mit dem Staatsanwalt zu verwechseln. Und dennoch, schade um sie. Wenn sie schon eine Nutte war, dann doch ein besonders hübsches Exemplar.

Aber, so meditierte er weiter, indem er sie einesteils fixierte und sie ihn andererseits anscheinend noch immer keiner Antwort für würdig befand: Wie ist das eigentlich? Sie kann doch gar nicht die Sulkowska erschossen haben, obendrein mit einem Schusskanal hinten und einem zweiten vorn, wenn sie selbst identisch mit der Ermordeten ist? Hinwiederum habe ich doch die Tote mit eigenen Augen in ihrem Blute schwimmen sehen und man hat die Leiche bereits zur Bestattung freigegeben, und sie ist hier anwesend, wenn auch nicht ganz lebendig, so doch wenigstens halb lebendig, und vielleicht ist sogar das nur simuliert?

Und wenn sie dennoch die Sulkowska ermordet haben würde, während sie selber die Sulkowska ist, dann wäre es doch Selbstmord, und Selbstmord kann doch nicht bestraft werden, weil der Bestrafte oder zu Bestrafende schon bestraft genug ist?

Ihm war tatsächlich etwas schwindelig zumute. Eins war sicher: Mit Logik allein war hier nicht weiterzukommen. Es gab anscheinend Tatsachen, die über jede Folgerichtigkeit erhaben waren. Sa schaltete der Kriminalist aus, und nur der Zeitungsmann blieb übrig, und der ist ja für alles zuständig, selbst für Wunder. Emsig wie eine Ameise trug er nochmals alle bisherigen Erfahrungen, Indizien, Verdachtsgründe zusammen. Eigentlich blieben nur ganz wenige übrig. Die Angelegenheit mit dem Neger, dem Hofschauspieler sowie auch die mit dem Hosenknopf waren ja Gott sei Dank bereinigt. Das konnte man – für einen Augenblick wenigstens – völlig außer Acht lassen (hätte er geahnt, welche plötzliche, überraschende Wen-

dung der Fall bald darauf nehmen sollte!) – aber das Motiv
der Tat – welcher Tat eigentlich? – Aber Himmelherrgott
nochmal, ermordet war doch jemand worden! Es *musste*
jemand ermordet worden sein!!! – Schon für die Zeitung!!
– Welches Motiv also? Cherchez la femme, wer war das
doch, der das immer zu sagen pflegte? – Cherchez la clef,
wandelte er den ehrwürdigen alten Satz ab, denn sieben
Weltsprachen, mehrere arabische Stammesdialekte, früh-
hochenglisch sowie das Welsch der Presse waren ihm geläufig, aber das alles half ihm jetzt nichts.

»Damals zweifelte ich an meinem Verstande«, pflegte
Somlay später im Club zu erzählen, wenn er auf dieses
Abenteuer zu sprechen kam, und sein, wie wir es beschrie-
ben hatten, kindliches Gesicht mit den edlen Schwingungen der Augenbrauen bekam dann immer einen Ausdruck von stiller Einfalt und edler Größe: bis er sich dann
regelmäßig ermannte. »Also Prost« sagte und einen tiefen
Schluck Blackberry Brandy nahm.

»Na, und wie ging denn die Geschichte nun eigentlich
weiter?«, stachelten ihn die Clubkameraden, welche ihre
Neugierde nur schwer verbergen konnten, obwohl es ein
ziemlich vornehmer Club war.

»Wie es weiterging?«, fragte Somlay tiefsinnig. – »Sagen
Sie, was halten Sie denn von den Dolly Sisters, mein lieber
Viscount?«

»Nicht viel. Aber was zum Teufel haben die Dolly Sisters
mit dem Fall Marjorie zu tun, verehrter Meister?«

Bescheiden lehnte dieser die Schmeichelei ab. »Sehr viel,
wie Sie sehen werden. Habe ich mich etwa geirrt? Waren
Sie letztes Frühjahr etwa nicht in Cannes?«

Der Viscount beeilte sich, zu versichern, dass er allerdings in Cannes gewesen sei und die Dolly Sisters seien
seiner Ansicht nach ein Paar von alten, aufgetakelten Wei-
bern.

»Sie missverstehen mich wohl, lieber Freund«, sagte
Somlay, indem er jovial dem Aristokraten auf das Schul-

terblatt klopfte, »ich meine, fanden Sie, dass sich die beiden ähnlich sahen?«

»Alle Weiber sehen sich ähnlich«, knurrte dieser missgelaunt. Somlay ließ sich nicht beirren. Er hatte seine bestimmten Ansichten über diesen Punkt, aber er liebte es nicht, sich auf Fragen mehr philosophischer Natur einzulassen; er war kein Mann der Theorie.

»Ich meine«, fragte er liebenswürdig, »sahen sie sich besonders ähnlich? Sie sind doch immerhin Sisters. Nicht, als ob alle Sisters Zwillinge wären, aber alle Zwillinge sind Sisters, natürlich unter der Voraussetzung, dass ihr Geschlecht weiblich ist.« Unser Held, der Reporter, liebte es, seinen Geist zuweilen ein wenig opalisieren zu lassen. Heute aber fand er nur wenig Verständnis für diese seine Eigenart. Denn die Geschichte war zu spannend, und eine spannende Geschichte darf anscheinend nicht zugleich eine geistreiche Geschichte sein.

So fanden jedenfalls die Mitglieder des Clubs »Noblesse oblige«. Sie baten oder forderten je nach ihrem Temperament den Erzähler auf, doch nicht andauernd von seinem Thema abzuweichen.

»Ich denke gar nicht daran, meine Herren«, verteidigte sich Somlay. »Aber ich musste doch zunächst von Ihnen erfahren, ob Ihnen Zwillinge ein geläufiger Begriff, oder vielmehr, ob sie Ihnen eine Anschauung sind. Es gibt da interessante Behauptungen über die Schicksalsverbundenheit von eineiigen Zwillingen. Das sind solche, die –«

»Wir wissen schon.«

»Wieso wissen Sie schon? Wenn Sie schon wissen, dann kann ich ja aufhören.«

Es bedurfte süßer Worte und einer neuen Runde des anfeuernden Hahnenschwanzes, um den Reporter wieder in Fahrt zu bringen. Wir wollen ja nicht behaupten, dass er eitel war, aber wenn er es war, dann ist Eitelkeit eine Tugend und keine Schwäche; denn die Schwächen der Erfolgreichen sind fast immer Tugenden.

»Na also«, ließ sich Somlay herbei, »es handelt sich nämlich um Folgendes: wenn einer nicht schon seine besonderen Erfahrungen mit Zwillingen gemacht hat, dann kann er sich nicht vorstellen, was das überhaupt ist, was wir schlicht mit dem Worte Ähnlichkeit bezeichnen; von der Schicksalsverbundenheit, ich gebrauchte das Wort schon, zu schweigen; jedenfalls bis auf Weiteres. Nachher werde ich wohl oder übel auch noch auf das Thema Schicksalsverbundenheit kommen müssen, obwohl ich nicht gern mit Mystik und solchem Kram zu tun habe, weil ich nämlich kein Mann der Theorie bin.«

»Wir wissen sch … – Pardon, wir wissen gar nichts.«

Diesmal ließ sich Somlay nicht aus dem Konzept bringen. »Sie werden jetzt meine Frage nach den Dolly Sisters richtig ausgelegt haben. Hier handelt es sich freilich um die weniger glücklichen Sulkowska Sisters.«

Ein vielfaches und beifälliges Ah ertönte in allen Abstufungen vom tiefsten Bass bis zum höchsten Diskant.

»Sie müssen verzeihen, wenn ich Ihnen den weiteren Verlauf der Episode in der Clausewitzstraße unterschlage. Nur so viel, dass er recht peinlich für mich war. Nur so viel, ich machte im Zuge des Abenteuers die Feststellung, dass ich es bei der angeblich so schwer verletzten Dame keineswegs mit Marjorie zu tun hatte, sondern mit ihrem Ebenbild, ihrer Doppelgängerin – kurz mit ihrem eineiigen Zwilling Zimbimbola. Entschuldigen Sie diesen Namen – ich kann nichts dafür, dass das Mädchen so hieß. Wie ich das aber schlüssig herausbekommen habe, darüber gebietet mir meine Kavalierspflicht zu schweigen; die Rücksicht auf Überlebende, Sie verstehen – in meinem Nachlass wird man die nötigen Hinweise schon finden. Aber ich hoffe, das wird noch recht lange dauern.« Dies war auf seine Feinde gemünzt, von denen sich überall welche und folglich auch einige selbst in den exklusiven Räumen des Clubs »Noblesse oblige« befanden.

Wie ein Hornissenschwarm, den ein verhältnismäßig ahnungsloser Wanderer aufgescheucht hat, so umschwirrten ihn Fragen. Da die Fülle der Anfragen eine eingehende Antwort nicht gestattet, so erlaubt sich der Chronist zum Besten der Ordnung die wichtigsten von ihnen herauszugreifen und zugleich mit ihren Beantwortungen an diese Stelle zu setzen.

»Sie sagten, die *angeblich* so schwer verletzte Dame Zimbimbola (ein zu blödsinniger Name) hatte also gar keinen Steckschuss im Oberarm?«

»Nicht im Oberarm.«

»Wo kam aber dann die Patrone her? Die sechste aus dem Trommelrevolver?«

Somlay erwiderte versunken die magische Formel: »Fabrique Nationale d'Armes de Guerre Herstal Belgique. – Wie fragten Sie bitte? Die Kugel? Ich versichere Ihnen: Diese Kugel hat nie auch nur die Haut eines Menschen geritzt.«

Ein anderer glaubte schon alles zu wissen: »Wie schrecklich, der Gedanke, dass zwei Geschöpfe, die in einem Mutterleib herangewachsen und erzogen worden sind, sich so tödlich gehasst haben sollten, dass das Ende ein blutiger Mord war. Könnten da nicht gewisse Verdrängungen eine Rolle spielen – ich meine, eine noch im Ungeborensein, jenem Zustand, von dem wir noch so wenig wissen, wurzelnde Eifersucht? Oder sollte doch ein Mann die traurige Rolle des Erisapfels gespielt haben, und noch dazu ein so fadenscheiniges Exemplar wie es offenbar dieser José war?«

»Nichts gegen José von Aarensholt«, mischte sich der Viscount ein, »ich habe mit ihm in St. Patric studiert; zugegeben, er war seitdem etwas herabgekommen, aber wie er selbst es formulierte: Gewisse Schiebungen und Ungenauigkeiten traute ich ihm zu, keineswegs aber einen gemeinen Meuchelmord. Niemals!«

»Ja, wo waren denn nun eigentlich seine Schlüssel hingekommen?«

»Ich glaube, er hätte sie sich ganz gern um zwölf von der reizenden Dame Zimbimbola geholt«, ergriff nun wieder

Somlay das Wort. »Aber wie gesagt, die Umstände hatten sich in der Zwischenzeit geändert. Die Frage nach der Schuld und Unschuld von Jessikas Gatten zu stellen, war gewiss die nächstliegende, zumal er sich durch sein geheimnisvolles Benehmen nicht gerade ins beste Licht gestellt hatte. Dennoch, die Polizei und Inspektor Koppen – nichts gegen Scotland Yard! – war diesmal auf dem Holzwege, und nicht minder war sie es, wenn sie ihre ganze Kraft und List dazu gebrauchte, die Schlüssel und ihren Besitzer ausfindig zu machen. Denn, meine Herren, es gibt ein Spiel, das Sie wohl alle in Ihrer Jugend einmal gespielt haben werden; es steht einer im Kreise, und die anderen um ihn herum haben die Hände auf dem Rücken. So, unsichtbar, lassen sie einen Gegenstand herumgehen, etwa eine Kleiderbürste, einer gibt sie heimlich dem anderen weiter, und das Kind in der Mitte hat die Aufgabe, aus Bewegungen, Gesichtszügen und so weiter darauf zu schließen, wer grade die Bürste hat. Dieses ungefähr war meine Situation. Ich hatte nie absolut das Gefühl, gegen eine ganze Verschwörung anzuspielen, der fast alle jene Personen angehörten, die Sie aus meiner Erzählung kennengelernt haben: Ja, sogar die Ermordete schien das Geheimnis wahren zu wollen, und ich gebe allerdings zu, dass, was hinter diesen Dingen stand, allerdings auch grässlich genug war. Alle gegen mich, ausgenommen höchstens Jessika, die zwar eine liebe, aber doch alles in allem recht unbedeutende Frau ist. Und noch eine Ausnahme gab es: Meinhard. Sie erinnern sich nicht? Ja, er spielte auch eine zu untergeordnete Rolle.« (Dies kam mit einer merkwürdig gehässigen Ironie heraus.) »Meinhard mit dem dicken Portefeuille, der anständige, wohlhabende, gutmütige erste Gatte Jessikas. Ich hatte verschiedene Gründe, diesen Großindustriellen aufzusuchen; nicht um seiner selbst willen, aber ich brauchte einige Auskünfte. Und schließlich hatte er zu den beiden Frauen, und wenn man Zimbimbola miteinkalkuliert, waren es ja sogar drei, ein so inniges Verhältnis, dass er mich doch vielleicht in der

Rückverfolgung der Kausalreihe unterstützen konnte. Sie wissen, er wohnte in Nikolassee, in einer einsamen Villa hinter der langen Moorwiese, über die nur einige Knüppeldämme führen. Es ist dies abends einer der romantischsten Plätze in der näheren Umgebung unserer Reichshauptstadt. Was nun die Romantik betrifft, so habe ich beruflich derart viel mit ihr zu tun, dass ich sie kaum mehr empfinde. Aber ich bin ja kein Mann der Theorie. Immerhin, jedes Ereignis auf dem Wege zu Meinhard –« An dieser Stelle unterbrach Somlay regelmäßig seine Story und nahm erst mal einen Schluck von der Mischung Bronx.

Wir aber benützen rasch die Gelegenheit, um wieder in direkter Rede fortzufahren.

Somlay benutze diesmal, um von den Fahrplänen und sonstigen Eventualitäten sicher zu sein, seinen kleinen Hanomag, um nach Nikolassee herauszukommen. Leider war es jenes alte, käferartige Modell, das im Volksmunde »Die rasende Kohlenkiste« genannt wird. Aber das schmucke Fahrzeug hatte ihm schon öfters auf seinen Reportagen gute Dienste geleistet. Zwar verdross ihn sehr, dass die Finanzverwaltung des Zeitungskonzerns, bei dem er arbeitete, ihm strikt die Zahlung des Benzins verweigerte; er schwor, das sollte anders werden; jetzt endlich war der große Fall da, mit dem er seine Forderungen doch noch durchsetzen würde, und es war alle Aussicht, ihn zu einem guten Ende zu bringen.

Dennoch fuhr er mit sonderbaren Gefühlen hinaus, übrigens über die Avus, was noch eine Mark Extraspesen machte. Oder waren es Ahnungen? Immerhin, er gab Vollgas und raste in unerhörtem Tempo die lange Gerade nach Wannsee entlang. Wenn er auch nur im Entferntesten geahnt hätte, was ihn erwartete, so würde er sich wohl nicht so sehr beeilt haben.

An der Südkurve tankte er fünf Liter, dann ging es über Wannsee die Potsdamer Chaussee ein Stück hinab gen

Zehlendorf, dann bog er ein und ließ, des Knüppeldammes wegen, den edlen Renner, der übrigens auf den Namen »Lord Byron« hörte, auf einer mit holprigem Pflaster versehenen Villenstraße stehen. Vor den großen, aber stummen Häusern standen Trauerweiden wie Symbole des Grauens und Verbrechens. Über der Rehwiese stiegen die Abendnebel. Kein Mensch weit und breit, hingegen ein spitzer Kirchturm, der eben achteinhalb Uhr schlug. –

Ein Instinkt gebot Somlay, seinen Revolver zu entsichern, obwohl das, bei Vernunft besehen, ein lächerlicher Unsinn war; aber Instinkt ist eben Instinkt.

Hohl klangen unter seinen Tritten die Bohlen des Dammes, der quer über die Wiese führte. Somlay versuchte vergebens, sich auf einige Verse des Erlkönigs von Goethe zu entsinnen; sie hätten so gut zu seiner trüben Stimmung gepasst.

Plötzlich tauchte aus den fliegenden Fetzen des Nebels ein Gegenstand auf – ein Gegenstand, der seinen Sinnen irgendwie bekannt vorkam. Wie auf Filzsohlen schlich er sich näher.

Wie überaus merkwürdig: Hier auf dem Damm, gottverlassen und alleine, *stand auf einmal der Handwagen*, der gleiche, unter dem er sich vor dem Hause Clausewitzstraße 15 bzw. 27a bzw. 29 aufgehalten hatte. Unzweifelhaft die gleiche Karre, und sie war auch immer noch von der weißen Plane zugedeckt.

Aber was war das???

Auf der Plane war ein großer dunkler Fleck. Ein Stöhnen? Somlay wagte nicht zu atmen.

Da hörte er ein eintöniges, schnelles Tröpfeln; unter den Rädern stand eine Lache. War das Himbeersaft? Nein, das war kein Himbeersaft. – Und dann sah er, zwischen den Pflanzenknollen, eine verkrampfte menschliche Hand, milde beglänzt vom frischen Mondschein.

In jedem Kriminalfall gibt es einen Moment, wo das erste Verbrechen ein zweites nach sich zieht.

Die D. A. greift ein
Edlef Köppen

Polizeipräsidium Berlin, Alexanderplatz, Zimmer 327.

Kriminalrat Koppen langweilt sich. Er trommelt die Tischplatte warm, dann wickelt er Frühstück aus und isst melancholisch. Ein blödsinniger Fall, das mit der Marjorie Sulkowska. Jeder Schritt näher ist ein Schritt weiter davon. Keine Kombination hält stand, wir sind, weiß Gott, Kummer gewöhnt – aber dieses Verbrechen geht über die Hutschnur. Was soll man noch tun?

Das Frühstück ist zu Ende, in Gedanken hat Koppen bereits zwei Finger der linken Hand, die nicht trommelt, zwischen die Zähne bekommen.

Das lässt ihn erwachen. Er richtet sich auf. Und ein Geräusch trifft sein geübtes Ohr: es raschelt!

Seine Gestalt rafft sich aus dem Sessel empor, strafft sich, sein Auge schießt zum Fenster. Und? Das Fenster wird langsam aufgeschoben, von außen, und? Und eine Stimme, heiser, zischt: »Tag des Buches, Deutsche kauft Bücher, die Dichter sind die Wegweiser in Vergangenheit und Zukunft.«

Koppen will vorspringen, den Sprecher feststellen, der es wagt, in Amtszimmer hineinzuzischeln – da schiebt eine blasse behaarte Hand den Fensterflügel noch weiter auseinander – und ein Zeitungsblatt fällt zu Boden. Es schaukelt, windet sich, liegt vor Koppens Füßen. Noch einmal die Stimme: »Tag des Buches, lest alle die …« – die Stimme vergeht und verstummt.

Koppen bückt sich, jetzt wieder gefasster, und faltet das Zeitungsblatt auseinander. Morgenpost? Oder Abendpost? – Die kriminalistische Stirn runzelt ein Misstrauen; die gekniffenen Lippen lesen: »Die literarische Welt«.

Der Kriminalrat lässt sich wieder in den Sessel fallen. Was es nicht alles gibt! Papierkorb –

Aber wie er bereits das Blatt versenken will, stutzt die Hand.

Kriminalratsaugen sind die besten; und die seinigen lesen: »Die verschlossene Tür.« Und lesen weiter …: »Jessika« … »Marjorie« …

Und wie im Fieber stürzt er sich ganz in die Lektüre. Mein Gott, das ist ja sein Fall, ist ja der Fall, der ihm seit Tagen den Schweiß aus allen Poren presst. Wie ist das möglich, wer kann davon wissen, was geht hier vor, was wird hier gespielt?

Klingel. Ein Sekretär. »Schreiben Sie: Vorgeladen werden zu morgen hier ins Zimmer folgende Leute, Adressen erfahren Sie Redaktion ›Literarische Welt‹, Frank Arnau, ein gewisser Richard Huelsenbeck, Gabriele Tergit, scheint eine Frau zu sein, Alfred Döblin, ein Manfred Hausmann und ein gewisser Kurt Heuser. Haben Sie? Das wäre ja noch schöner. Also sofort telefonieren beziehungsweise Beamte hinschicken. – Danke.«

Nächster Tag. Zehn Uhr früh. Ins Wartezimmer des Kriminalrats Koppen, in dem eine blonde Sekretärin sich die Fingernägel polierte (sie war gestern Abend zum »Ball des Buches« im Herrenhaus gewesen und es war zu spät geworden, um heute rechtzeitig aufzustehen), traten zwei Herren. Beide stattlich, Hut in der Hand.

Verbeugung zur Sekretärin. Sie nickte und pustete ihren Nagelstaub vor die Front. »Bitte warten.«

Die Herren sahen sich an, nickten wieder, »Arnau« – »Huelsenbeck«.

Dann setzten sie sich.

Ihre Schultern berührten sich beinahe. Sie drehten sich also vorsichtshalber sanft gegen einander. Sie verkniffen die Lippen. Sie dachten beide das gleiche. »Der schreibt doch auch«, dachten sie beide. »Nichts von ihm gelesen«, dachten sie beide, und: »höhere Auflagen als ich. Na, belanglos.«

Dann dachten sie nicht mehr. Höchstens noch ein Wort: »Kollege«. Und sie räusperten sich bitter.

Klingel. Sekretärin: »Herr Kriminalrat lässt bitten.«

Jeder der beiden ging vor dem anderen her, bis sie sich gemeinsam durch die Tür drückten. »Kollegen«, dachten sie wieder. Und dann waren sie gelandet.

Koppen machte sein eisernstes Gesicht. (»Offizierstellvertreter« pflegte er es zu nennen, seiner Wirkung sich bass bewusst.)

Er atmete wie durch Kiemen: »Meine, äh, Herren, ich falle mit der Tür ins Haus, Sie sind, äh, hinreichend, ich sage ausdrücklich hinreichend verdächtigt, an dem Mord der Frau Marjorie Sulkowska zum Mindesten beteiligt zu sein. Wollen Sie sich äußern.«

Arnau: »Verzeihen, ich bin Schriftsteller.«

Koppen: »Wenn Sie wüssten, wer mir das schon alles gesagt hat.«

Huelsenbeck: »Ich auch – Aber ich verstehe Sie überhaupt nicht. Ich verwahre mich – – –«

Koppen: »Moment mal. Hier in diesem Blatt stehen ja immerhin Dinge, meine – – wenn ich noch Herren sagen kann – Herren, die einfach – – also das ist die Höhe. Sie können mich doch nicht für dumm verkaufen! Bitte: Herr Arnau zum Beispiel: Woher kennen Sie Frau Jessika? Bitte, woher?«

Arnau lachte: »Aber Herr Kriminalrat, die habe ich doch erfunden!«

»Aha, erfunden, aha. Großartige Ausrede, aha. Und dann darf ich wohl fragen, woher kennen Sie die Dame, Herr, Augenblick mal, Herr Huelsenbeck?«

Huelsenbeck, eisig: »Ich habe Sie auch nur – nach Arnau – aufgegriffen.«

Koppen wurde rosig im Gesicht. »Aufgegriffen«, frage er, »aufgegriffen? Sehen Sie, das wollte ich ja nur hören. Mädchenhändler, nicht wahr, großartig, nicht wahr. Aber mir könnt ihr nichts weißmachen, meine Jungs, ich habe euch ja

längst durchschaut. Ich wundere mich nur über eure Frech-
heit, das noch drucken zu lassen. Nein, nun ist's genug.
Kurzer Prozess, verstanden, ich habe keine Lust, mich an
der Nase herumführen zu lassen, mit mir könnt ihr das
nicht machen, verstanden.« Er stand auf und wischte mit
der rechten Hand den Tisch von den Krümeln des Früh-
stücks rein. »Einsperren, bis ihr gesteht, das ist das Richtige,
verstanden? Ich werde euch das ›Aufgreifen‹ und das ›Dich-
ten‹ schon austreiben.«

Klingel. Und ehe die beiden auch noch ein Wort erwi-
dern konnten, saßen sie in gemeinsamer verdunkelter Zelle.

Koppen diktierte den Aktenvermerk: die pp. A. und H.
einstweilen festgesetzt, Untersuchungsrichter benachrichtigt. Verhör heute 3 Uhr nm.

Warum Herr Koppen Frau Gabriele Tergit, die als
nächste zu ihm zum Verhör geladen war, frei ließ, bleibt
unerfindlich. Hatte sie doch sogar zugegeben, Frau Jessika
mehrere Male im bekannten Lokal bei »Käsebier« getroffen
zu haben! Aber der Schmelz ihrer Stimme muss offenbar
selbst eine so anerkannt harte, ja Fachleute sagen: »zemen-
tene« Natur wie Koppen von der völligen Unschuld der
Frau Tergit überzeugt haben. »Mein Gott«, sagte sie in zau-
berhaftem Wienerisch, »lassens mich doch aus, i hab ja nur
a bissl gedichtet, der José, wissens, der Mann der Jessika,
wissens, Herr Kommissarrat, i bitt schön, sieht so a Mörderl
aus?«

Und das, wie gesagt, hatte gewirkt.

»Küss die Hand«, hat Koppen erwidert, »Gnä Frau, janz
ohne Zwofel, sind ein Engel.«

Wie Gabriele Tergit ging, kam schon wieder einer.

Döblin, Alfred.
Kurze Verbeugung vor Koppen.

»Namen bitte, und stehen Sie nicht so latschig«, grunzte
Koppen.

»Hoppla, Männeken«, antwortete Döblin. »Sie wissen wohl nicht, wer ich bin.« Dabei griff er an den Rockaufschlag und wollte ihn umkippen.

»Lassen Sie nur das Parteiabzeichen, spielt bei mir Gott sei Dank …« Aber weitere Worte blieben Koppen in der Kehle stecken.

Unter dem Rockaufschlag saß eine güldene Plakette, glitzernd und sehr festlich. Und Koppens Auge las: »Mitglied der Dichterakademie.«

Koppen schlug augenblicks die Hacken zusammen. »Ein Kriminalrat beim Verhör«, meldete er bebend. »Auf Posten nichts Neues.«

Döblin winkte ab. »Mir ist das schnurz.«

»Wollen Herr Ministerialrat sich setzen«, wagte Koppen zaghaft.

»Männeken, Männeken, wat machen Sie for Menkenke. Mich zu belästigen!!«

»Herr Ministerialrat hatten die große Güte, da in der Zeitung zu schreiben, dass ich ein mit allen Satteln gewaschener Beamter – furchtbar gütig, wirklich, furchtbar …«

Döblin, Alfred, M.d.D.A.: »Also was ist nun eigentlich los?«

»Herr Rat sagten so passende Worte über Sinnlichkeit und Schlüpfer, und da wollte ich mir erlauben, zu fragen …«

»Sprechstunde zwei bis vier, Herr. Verstanden?«

Koppen nickte: »Ja, es geht doch um den Fall Sulkowska.«

Döblin: »Geht mich doch einen Dreck an. Aber ich wüsste schon einen Täter –«

Koppen: »Und?«

»Mensch, kennen Sie meine Bücher nicht? Alexanderplatz …«

Koppen, verlegen: »Aber der ist doch von Heinrich George, habe ihn, verzeihen, doch selbst gesehen …«

Döblin, böse: »Dann kann ich Ihnen nicht helfen, dann müssen sie Frau Christine fragen.«

Koppen versprach, sich schnellstens Verlagsprospekte

schicken zu lassen. »Dann wäre«, sagte er verlegen, »höchstens wäre noch zu fragen, wieso Herr Rat meinen, dass Kreuger ...«

»Kreuger lebt«, sagte Döblin. »Weil alle sagen: Kreuger ist tot, sage ich: er lebt. Na is doch klar. Am Widerspruch erhelle ich die Welt!«

Die Tür ging auf. Döblin drehe sich um. Er zeigte auf den Eintretenden: »Nehmen Sie doch den mal, das ist Herr Hausmann, der kleine Birkenküsser.«

Koppen lachte voller Pflicht.

»Danke, Herr Rat. Gehorsamen Gruß an die werte Aka —«

Die Tür schlug zu. Hausmann und Koppen waren allein.

Es wurde ganz ernst.

Koppen fühlte: jetzt oder nie. Er ging zum entscheidenden Angriff vor. »Sie haben«, sagte er trocken, »Herr Hausmann, ganz eindeutig da in dem Blättchen geschrieben, dass Sie einen gewissen Dr. Lohner kennen. Stimmt, nicht wahr? Darf ich fragen, war zwischen ihnen irgendwann von einem Schuss die Rede?«

Hausmann nickte mitleidig. »Vorschuss, ja, davon wurde gesprochen.«

Es strahlte in Koppens Gesicht. »Aha. Da haben wir's also. Nun, dann können Sie doch ruhig ganz gestehen. Da wäre also der Schuss, den Dr. Lohner neulich aus dem Oberarm einer Patientin —«

Hausmann: »Wenn's doch gewesen wäre!«

Koppen brummte: »Nur nicht mehr vorlaut. Ich habe Sie gleich. – Sagen Sie mal, was sind Sie eigentlich?«

Hausmann: »Wenn ich ehrlich sein soll – ich schreibe so —«

Koppen verlor schon jetzt die Geduld: »Herr, der Tag des Buches ist vorbei. Wir wollen nicht heute schon wieder von Schriftstellerei reden. Haben Sie einen reinlichen Beruf wie wir anderen oder nicht? – Und wenn nein, was haben Sie mit dem Somlay zu tun?«

Hausmann bockte. Nun gerade nicht.

»Dann antworte ich überhaupt nicht mehr!«

Koppen hatte ihn fest. »Sie haben doch behauptet, dass die Sulkowska überhaupt noch lebt – – wie? Das werden Sie bitter zu bereuen haben! Das könnte mir passen!«

Klingel. Hausmann sitzt eingepfercht zwischen Arnau und Huelsenbeck. Die drei erzählen einander über die Höhe ihrer Auflagen. Oh –

Über die Begegnung zwischen Koppen und Heuser ist nichts zu sagen. Das heißt: Koppen bat dringend, alles diskret zu behandeln. Das ist ja auch zu verstehen. Heuser konnte sich Koppen durchaus nicht klar machen – »Sie sind mir zu philosophisch«, hatte Koppen immer wieder gesagt. »Ihnen könnte ich beinahe glauben, dass Sie ein Schriftsteller sind. Aber andererseits, dass Sie in Afrika gewesen zu sein vorgeben – und das mit den Dolly Sisters –«

Und dann sagte Koppen allerlei über Moral, die den Dichtern doch weiß Gott sehr abhanden gekommen sei, und dass man das auf jeden Fall unterbinden müsse und dann –

Dann wäre Heuser bestimmt auch ins Gefängnis gekommen. Aber – Aber er hatte einen Tipp.

»Herr Kriminalrat«, sagte Kurt Heuser, »Herr Kriminalrat, wir erheben ja gar keinen Anspruch darauf, Ihnen in irgendeiner Weise Konkurrenz zu machen. Wir sind ja bloß Schriftsteller und wissen, dass wir nichts wissen. Aber wie wäre, wenn Sie einmal einen Juristen zu Rate zögen?«

»Denken Sie«, war Heuser fortgefahren, »einen Schriftsteller, der durchaus Schriftsteller und außerdem durchaus Jurist ist!«

Koppen: »Wenn Sie mir den besorgen, lasse ich Sie frei.«

Und es klingt wie ein Märchen, aber es ist wahr: mit Hilfe von Heuser bekam am anderen Morgen Kriminalrat Koppen ein Telegramm folgenden Inhaltes: »habe fall sulkowska geklärt stop spuren liegen klar auf hand stop bericht abends berlin stop erich ebermayer rechtsanwalt.«

Ach, das Gute liegt so nah!
Erich Ebermayer

Als das Ersuchen um Aufklärung des Falles Sulkowska an den ehemals bekannten Strafverteidiger gelangte, befand sich dieser gerade zwecks Entspannung seines komplizierten Nervensystems in seinem idyllisch gelegenen Wochenendhaus, 50 km nordöstlich der Stadt. Es war nachts, gegen Morgen. Ein reitender Bote brachte den Auftrag in den tiefen deutschen Märchenwald und entfernte sich, nicht ohne ein ansehnliches Trinkgeld in Empfang genommen zu haben, dessen Verrechnung der schlaftrunken Taumelnde dumpf triebhaft beschloss.

Der bekannte Verteidiger blieb allein mit sich und seinen Gedanken. Der Morgen graute, es war halb zehn, wie er durch einen Blick auf die goldene Armbanduhr, die sein schmales Handgelenk auch nachts umspannte, feststellte. Nebel brauten auf der Wiese vor seinem Haus, in der Ferne schrie gespenstisch ein Käuzchen. Zugleich aber trat, versöhnlicher Anblick, ein Reh mit was Weißem hinten an den Bach, um einen Schluck morgendlich-kühlen Wassers zu nehmen. Der verwirrte Dichter-Jurist aus bestem Schlaf unsanft gerissen, beschloss zunächst, um klaren Kopf zu bekommen, ein Bad im eisigen Waldteich zu nehmen. Nur bekleidet mit einer Trainingshose eilte er im Dauerlauf zu dem ein Viertelstündchen entfernten, verschwiegen zwischen Jahrhunderte alten Tannen gelegenen »Silbersee«, der seinen Namen nicht zu Unrecht trug, denn bald umspielte die silberne Flut beglückend seine, des Plätschernden, jugendlichen Glieder.

Bei der Bereitung des Kaffees – er nahm in Anbetracht der bevorstehenden Aufgabe, von deren Umfang er sich inzwischen überzeugt hatte, ein halbes Lot mehr als gewöhnlich – durchdachte er den Fall Sulkowska und blätterte immer neu in dem ihm vorliegenden Aktenmaterial.

Lag es an der würzigen Kiefernluft, die in dem einsamen Walde herrschte, lag es an der durch Bad und Dauerlauf erhöhten Blutzirkulation – der bekannte Verteidiger stand kopfschüttelnd vor so viel Fleiß, Ehrgeiz, künstlicher Nebelerzeugung und kriminalistischer Besessenheit, die sich in dem Aktenstück »Fall Sulkowska« kundtat. Besonders ein Herr Döblin, offenbar ein älterer, erfahrener Kriminalbeamter, schien der Angelegenheit durch seine Erhebungen im Schneideratelier eine Wendung ins Mystisch-Knopfhafte gegeben zu haben, die alle weiteren Bearbeiter des Falles verwirren musste.

Warum hatte man sich nicht eher an ihn, den bekannten Verteidiger gewandt? Die Angelegenheit war jetzt, zu so später Stunde, verfahren genug. Warum laufen die Blinddarm-Patienten immer erst dann zum Fachmann, wenn der Eiter bereits in die Bauchhöhle getreten und so gut wie nichts mehr zu retten ist? Warum war man nicht zu ihm gekommen, solange das Beweismaterial noch hätte gesichert werden können? Jetzt, nach Wochen und Monden falscher Fährte war nur noch mit ursprünglicher kriminalistischer Genialität – das erkannte der Spross großer Juristen, während der Kaffee langsam, zu langsam wie immer durch die Wiener Maschine tropfte – überhaupt eine Lösung zu finden.

Das Schwierige bei der Sache war für den bekannten Verteidiger, dass er bereits seit drei Jahren weder mehr ein Anwaltsbüro noch einen Bürovorsteher noch aber gedrucktes Anwaltspapier besaß, Aufträge dieser Art also nur mittels Telegraf und Telefon, die keiner Formulare bedurften, erledigen konnte. Verhängnisvollerweise hatte der junge Verteidiger trotz unerhörter rhetorischer Erfolge sich ganz der Literatur verschrieben und erfuhr seit Jahren nur noch durch missgünstige Kritiken seiner Erzeugnisse, dass er eigentlich und durchaus zum Juristen geboren sei.

Angeregt durch den abnorm starken Kaffee, der wie immer etwas nach Froschlaich und faulendem Laub schmeckte, da das Wasser einem träge fließenden Bach entnommen war, ließ der bekannte Verteidiger, jetzt mit einer allzu kurzen Pfadfinderhose bekleidet, die das Spiel seiner Muskeln sehen ließ, ohne geradezu aufreizend auf die Waldbevölkerung zu wirken, den Motor seines schlanken, aber schmutzstarrenden Wagens, der die Nacht ohne Garage zwischen Rehlein und Häslein auf der Wiese verbracht hatte, anspringen und verschwand surrend nach dem Dorfe Röcknitz, der sechs Kilometer entfernten nächsten menschlichen Siedlung. Dort gab er telefonisch das oben erwähnte Telegramm an Kriminalrat Koppen auf.

Die Depesche eilte den Tatsachen voraus. Noch wusste der bekannte Verteidiger nicht, ob tatsächlich die Spuren des Falles Sulkowska klar zu Tage lagen oder nicht. Er kündigte kühn die Lösung für den Abend an, in der Annahme, dass spätestens während der Bereitung des Mittagessens auf dem Spirituskocher, dessen Duft ihn stets schöpferisch anzuregen pflegte, ihm die letzten entscheidenden Erkenntnisse kommen würden. Aus Erfahrung wusste der in vielen Kämpfen mit Kriminalpolizei, Staatsanwaltschaft und deutschen Provinzgerichten Gereifte, dass alle Erleuchtung auf kriminalistischem Gebiet – nicht anders als bei jeder Art künstlerischer Tätigkeit – nur unverhofft, unerwartet, geschenkweise, von oben also, als Gnade dem Menschen gegeben würde. Was seine Vorgänger beim Fall Sulkowska versäumt zu haben schienen, war nur dies: sich still und geduldig der Gnade, der erleuchtenden Empfängnis auszuliefern. Sie hatten ehrlich gesucht und gerungen mit dem gewaltigen, immer neu sich verknäuelnden Tatsachenstoff – aber die letzte klare Schau war ihnen, musste ihnen deshalb versagt bleiben.

Während der bekannte Verteidiger eine große Erbswurst – es gab auch kleine zu vierzig – langsam im Teller zerdrückte, zugleich mit der Linken die Butter für die Spiegeleier in die Pfanne warf, wo diese bräunlich und duftend sich schnell verflüssigte, fühlte er, wie er schrittweise der

Erleuchtung näher kam. Es konnte nur noch Sekunden dauern und er hatte die Lösung des Falles, um die sich die Berliner Kriminalpolizei im Verein mit den bedeutendsten Männern des deutschen Geisteslebens seit Monaten vergeblich bemühte. Er schwankte einen Augenblick, ob er zwei Eier oder vier sich bereiten sollte, es war ihm trotz eines Lebens voll Arbeit und hingebender Entsagung bekannt, dass Eier sinnlich machten, und was er an diesem Tag brauchte, war gerade das Gegenteil von sinnlicher Überhitzung: ein klarer nüchtern funktionierender Verstand.

Es kam anders. Denn im Augenblick, als er das erste der bereitliegenden Eier am Pfannenrand zerschlug, um das göttliche Nass im aufspritzenden Fett verrinnen zu lassen, in diesem Augenblick hatte er bereits die Lösung des Falles Sulkowska. –

Er taumelte und fasste sich an die Stirn. Die Erkenntnis war fast zu gewaltig für seinen zarten, späten Organismus. Der schleimige Rest des Eiweißes in den zerbrochenen Schalen rann an seiner Hand herab und über seine Wangen, als habe er eine Verletzung der Iris erlitten. Dann aber riss er sich zusammen. Jubelnd, ja, mit Aufschrei des Jubels warf er das zweite, das dritte, das vierte Ei in die Schale. Was kam jetzt noch darauf an, welche Wirkung die Speise auf seine innersekretorischen Drüsen ausüben würde! Er war, während, die Eier sich festend, Land in der Pfanne deutlich sich von Wasser schied und so eine Welt, seine Welt vor seinen entzückten Augen und Nüstern entstand, er war, sage ich, in Versuchung, auf die Knie zu sinken und dem Gott da droben über den Wipfeln der Kiefern zu danken für das Geschenk der Erleuchtung, das ihm auch diesmal wieder rechtzeitig und gründlich zu teil geworden war.

Er aß, trank abermals Kaffee, rauchte auf der Bank vor dem Haus in der Sonne seine Pfeife, ließ abermals den schnittigen Wagen anspringen und wenig später verband ihn der Draht aus dem Dorfe Röcknitz mit der Metropole unseres Landes. Kriminalrat Koppen war persönlich am Apparat.

»Sie kennen den Täter? Herr Doktor?« Seine Stimme zitterte, vielleicht aber war es nur das Vibrieren der Drähte.

»Ich kenne ihn.«

»Wollen Sie ihn nennen?«

»Sobald die Honorarfrage geklärt ist.«

»Aber Herr Doktor – wir sind nicht in der Lage … Die Finanzverhältnisse des preußischen Staates …Sie wissen doch selbst …«

»Ich weiß nur um *meine* Finanzverhältnisse, Herr Kriminalrat, das genügt mir. Traurig. Dann werde ich mein Geheimnis mit ins Grab zu nehmen wissen. Auf Wiedersehen.« Des Verteidigers Stimme klang hart wie Metall. Die Kirschs, die er genommen hatte, während er auf das Gespräch wartete und das schöne Gefühl, im Recht zu sein, gaben ihm eine ungewohnte Kraft. Er hängte an. In der Gaststube trank er abermals einen doppelten Kirsch. Es waren inzwischen zwei kommunistische Steinbrucharbeiter gekommen, die finster abseits der schmucken S. A.-Jünglinge saßen und unheilverkündend vor sich hinstarrten. Eine Prügelei schien nicht ausgeschlossen.

Schon aber klingelte erneut das Telefon. Es war die »Literarische Welt« aus Berlin, deren Stimme sich wohl zum ersten Mal in dieses schlichte Dorf verirrte. Erneut beschwor man den bekannten Verteidiger, den Täter zu nennen. Die Feder sträubt sich, zu sagen, dass der von Alkohol und Spiegeleiern Trunkene noch einmal die Honorarfrage aufrollte. In gewohnter Großzügigkeit wurde das Problem sofort gelöst. Ein Scheck über 1 000 Dollar würde morgen in die Hände des Verteidigers gelangen, wenn er sofort, in diesem Augenblick, den Täter nenne.

Der Verteidiger schwieg, erschüttert gleicherweise von der Höhe des Honorars wie von der Gewalt der Stunde. Dann sagte er, ganz ruhig, ganz still, als wäre es das Selbstverständlichste der Welt:

»Ein schlichter Raubmord. Die Portiersleute des Hauses in der Friesenstraße sind die Täter. Der Mann hat den Mord ausgeführt, die Frau ist Mittäterin. Es fehlt der Schmuck der Ermordeten, den sie in der Handtasche bei sich getragen, Perlen wahrscheinlich, im Wert von vielen Tausenden, Geschenk ihres ersten Gatten, die Halskette mit den Beryllsteinen und die Tasche ließ der Täter zurück, um den Verdacht des Raubmordes abzulenken. Vermutlich fehlt auch Geld. Marjorie hatte kurz vor der Tat auf der Bank Geld abgehoben, der Portier wusste es. Der Mord geschah mit einem zweiten Revolver, den der Täter besaß. Der bei der Leiche gefundene ist nicht die Mordwaffe. Der fehlenden Schuss wurde in die Luft zum Fenster hinaus abgegeben. Erst nach eingetretenem Tod krampfte der Täter die Hand der Ermordeten um den Griff des Revolvers, um Fingerabdrücke herzustellen, ehe er sie zu Boden legte. Der Portier, im Besitz aller fraglichen Schlüssel, entfernte sich durch die Vorsaaltür, so wie gekommen.«

»Das ist alles?« Der Herr am Apparat stieß die Frage keuchend hervor, offenbar hatte er nachstenografiert.

»Alles. Lassen Sie sofort die Portiersleute verhaften. Ich bin bereit, ihre Verteidigung zu übernehmen. Morgen bin ich in Berlin.«

»Halloh – noch etwas!« Der Herr zögerte. »Wünschen Sie sich auch die literarische Verwertung des Stoffes zu sichern? Wir können Ihnen da gegen Abtretung Ihrer Honoraransprüche entgegenkommen …«

»Danke. Ich schenke den Stoff meinem Kollegen Dr. Max Alsberg«

»Oh, bitte – sehr generös!«

Postskriptum der Redaktion
Schon am nächsten Morgen aber stellte sich heraus, wie der Leser gleich sehen wird, dass die Hypothese des berühmten Rechtsanwalts und Erzählers Erich Ebermayer irrig war. Er war auf dem Holzwege – was ja einem Mann in einem

Märchenwald leicht passieren kann. Die Muse des Dich-
ters hatte sozusagen den Rechtsanwalt an der Nase geführt.
Daher sieht sich die Redaktion der »L.W.« auch leider ge-
nötigt, den Scheck über 1 000 Dollar bei der Bank zu sperren.

Der Täter
Frank Arnau

Als Frau Jessika die Oper verließ, rieselte ein leichter Regen auf den glattspiegelnden Asphalt. Vom Brandenburger Tor her wehte ein kühler Wind. Der Herbst lag über dem Abend. – –

Sie war der Musik von »Don Juans« allein gefolgt. In letzter Minute hatte sie von Prof. Dr. Lohner, der an einem Konsilium teilnehmen musste, eine Absage bekommen. – –

Sie ließ sich, etwas ermüdet, nach Hause fahren. Langsam durchschritt sie den Vorgarten. Als sie an das große Portal kam, hatte sie ganz unvermittelt ein sonderbares Gefühl. Unwillkürlich wandte sie sich um und rief nach ihrem Chauffeur. Aber dieser hörte, im Aufbrummen der starken Maschine, nicht mehr ihre Stimme. Der schwere Mercedes war in wenigen Augenblicken im nächtlichen Dämmer entschwunden. – –

Jessika zögerte, ohne bestimmte Gründe, mit einer Unsicherheit kämpfend. Sie musste sich unvermittelt jenes Abends entsinnen, da sie, ebenfalls nach einer Opernvorstellung, ebenfalls hier allein anlangend, die Treppen emporgeschritten war, und dann das Entsetzliche erlebt hatte.

Plötzlich drehte sie den Schlüssel schnell entschlossen um, öffnete das Tor und schloss wieder ebenso schnell hinter sich ab. Dann griff sie nach dem Schalter der Lichtleitung und drückte auf den Knopf. Aber der Raum blieb in tiefer Finsternis.

Jessika fühlte jenes undefinierbare Erschauern, das in Augenblicken gefahrvoller Einsamkeit den Menschen überrennt. Sie rief, nicht einmal ganz gewollt, mehr unbestimmt, nach der Pförtnersfrau.

Doch es kam keine Antwort.

So schritt sie, in kurzen Pausen, von Stufe zu Stufe, sich der Erinnerungs-Gedanken erwehrend, hinauf.

Sie hielt vor dem großen Zimmer inne, in dem damals Marjorie …

Sie versuchte dies Erinnern zu überwinden, aber je mehr sie das erstrebte, desto stärker wurde das Gewesene gegenwärtig. –

Sie betrat den Raum, der in tiefem Dämmern lag. Nur von dem mittleren Fenster her kam ein ganz fahler Schimmer, der aber kaum bis an die Wand gegenüber vorzudringen vermochte.

Jessika stand plötzlich regungslos still.

Ohne äußere, ohne erkennbare Ursache – ja ohne irgendwelche eigentliche Klarheit – wusste sie in diesem Augenblick, dass sie nicht allein in dem Raume war.

Ein tiefes Erschrecken hämmerte jagende Pulsschläge durch ihren Körper – sie suchte hilflos mit ihren überreizten Sinnen irgendetwas Wahrnehmbares – mochte es noch so gefahrvoll sein.

Ihr Blick nach dem fahlen Streifen dämmrigen Lichts – der von der Straße jenseits des Grundstücks herzurühren schien – streifte suchend an dem großen Lehnstuhl vorbei. Dort war abermals Marjorie – – – wie lange mochte das jetzt her sein – –?

Jessika stieß einen heiseren, sich überschlagenden Schrei hervor.

Von der Kante der Stuhllehne hing ein Arm herab. Sie sah es weniger, als dass sie es eben im Augenblick fühlte …

Und dann sah sie plötzlich wie sich dieser Arm bewegte, wie er hochgezogen wurde. Ein Knirschen des schweren Möbels am Parkett klang deutlich durch das Zimmer; und dann hob sich der Umriss einer Gestalt vom helleren Mittelteil der Wand deutlich ab.

Jessika hielt sich krampfhaft fest.

Jetzt stand die Gestalt im Profil zu ihr.

Sie fragte, ganz leise, als besorgte sie immer noch eine Sinnestäuschung – und bestürzte Überraschung schwang in der Frage mit:

»Sie …?! – – – Sie …?«

Eine müde Stimme – weich und klingend zugleich – erwiderte:

»Ja … ich.«

Jessika wollte das Licht andrehen. Der Schalter knackte, aber der Raum blieb in Finsternis.

Die Stimme sprach:

»Bleiben wir im Dunkeln, Jessika, Liebe. Es ist besser so. Übrigens gibt es kein Licht in diesem Haus, die Hauptsicherung ist durchgebrannt, die Pförtnersleute sind schon unterwegs nach dem Monteur, deshalb kam niemand auf Ihr Rufen in der Halle.«

Jessika starrte vor sich hin. Sie vermochte es nicht zu begreifen … wie konnte … weshalb war …

Sie fragte und hielt sich am Kaminsims fest:

»Aber wie kommen Sie hierher … und weshalb …?«

Die Gestalt sank wieder in den Fauteuil, die Hand hing schlaff, erregend-leblos, seitlich herab. Die Stimme war ruhig, und dennoch spürte Jessika ihr tiefes Erzittern, während es fast monoton klang:

»Monate sind vergangen. Jessika – viele Monate – seit … seit Marjorie … Ach mein Gott! … Warum musste es auch so kommen!? – – Bis heute habe ich es in mir verwahrt, was damals geschehen war – aber ich kann nicht weiter – deshalb bin ich hierhergekommen – –«

Jessika fühlte die maßlose Erregung der fast unbetont gesprochenen Sätze – und sie selbst harrte mit unaussprechlicher Begierde der weiteren Rede, die zu ihr klang. Sie fragte:

»Was hat der Tod von Marjorie mit Ihnen zu tun –? Was –? Es kann doch nicht sein, dass Sie selbst damit in Verbindung gebracht werden könnten! Das wäre ja unfassbar!«

Jessika wagte sich etwas nach vorne. Sie sah in zwei glühende Augen, sie fühlte die Hitze des menschlichen Körpers neben sich. Die ihr wohlbekannte Stimme sprach:

»Ich bin zu Ihnen gekommen, weil ich das Geheimnis

nicht mehr länger mit mir allein herumtragen kann. Ich will Ihnen alles sagen. Alles, Jessika!«

Sie starrte ins Dunkel:

»Dann also … dann also … haben Sie Marjorie getötet? – – Oh, ich kann es nicht begreifen, ich kann es nicht glauben! Sie! Aber um Gottes willen, weshalb denn?! – Eifersucht? – Rache? – –«

»Gedulden Sie sich, Jessika, ich will Ihnen alles erzählen. – – Es ist so schrecklich einfach! Wenn ich heute daran zurückdenke wie alles kam … Ich hing an Marjorie – ob Liebe hier überhaupt die richtige Kennzeichnung wäre, weiß ich nicht – es war jedenfalls eine unwahrscheinliche Bindung – man könnte sie Gefangenschaft nennen – niemand ahnte es! Niemand. Nur Marjorie und ich wussten darum. Bis dann …«

»Bis dann – – ?«, versuchte Jessika die Erzählung vorwärts zu treiben.

»Bis dann der Japaner kam. Er war nur einmal mit Marjorie zusammen. Er hatte sie an jenem Abend im Varieté kennengelernt, als Marjorie mit Ihnen zusammen dort war. Sie saßen im Orchesterfauteuil links. Marjorie hatte ihr hellgelbes Kleid an, mit der dunkelroten Foulardschleife, und den kleinen Hut mit der schrägen Krempe –«

Jessika versuchte das Gesicht ihres Gegenübers zu sehen. Welch ein Gedächtnis – und welch’ sonderbares Gemüt, das selbst in dieser Stunde sich solcher modischer Details zu entsinnen vermochte! Es war typisch weiblich – mehr als das: weibisch, frauenhaft. Sie fragte – mehr um überhaupt etwas zu sagen:

»Woher wissen Sie das alles?«

»Weil ich neben ihr saß, als Sie mit ihr dort waren. Sie haben übrigens nichts bemerkt, Jessika … Aber Marjorie traf den Japaner. Ich wusste, ich fühlte: nun musste es zwischen Marjorie und mir zum Ende kommen. Ich wollte aber Sicherheit von Marjorie selbst. Ich wollte Marjorie noch einmal sprechen – – eine Frau kann doch nicht so leicht über ein starkes Gefühl völlig hinweggehen – und so Eigenartiges, wie es zwischen uns spielte, einfach vergessen! – Ich fühlte, dass es mir unmöglich sein würde, Marjorie zu lassen. Aber – sie lächelte nur, Jessika. Sie selbst spürten einmal den Schmerz, den eine Trennung von Marjorie bedeutet – – von Marjorie, der besten, der liebsten Freundin. Nur dass Sie Marjorie wiedergewannen. Und ich …«

Jessika lauschte diesen sonderbaren Erklärungen. Was mochte in der Seele dieses Wesens vor ihr eben jetzt abrollen! – – Sie sagte leise:

»Aber – aber Sie sind ja eines Mordes gar nicht fähig! Sie wollen mich erschrecken, mich auf die Probe stellen. Oder …«

»Nein, ich spreche die Wahrheit. Ich besuchte an jenem Abend Marjorie. Sie selbst öffnete mir. Ich ahnte nicht, dass sie einen Mann im Nebenzimmer verborgen hielt; nur an ihrem fast etwas verstörten Wesen fühlte ich, dass sie irgendwie ernstlich Angst hatte. Es fiel mir ein, dass diese Furcht wahrscheinlich auf eine unbedachte Bemerkung zurückzuführen war, die ich ihr gegenüber einmal bei einer der ersten bitteren Aussprachen gemacht hatte – als ich vielleicht etwas überschwänglich von Liebe sprach – da mag ich etwas von maßloser, bis zur Tötung reichender Zärtlichkeit erwähnt haben … Ich fühlte, dass sie damals schon erschrocken zu mir aufblickte. Als sie mir nun abends die Unterredung gewährte, mochte sie wohl an jene, in der Erregung gesprochenen Worte mit dem drohenden Unterton gedacht haben. Ich kam immer wieder darauf zu sprechen, dass ich ihrer nicht entsagen kann. Aber sie lächelte nur. Lächelte so abwehrend, so eigenartig, so fremd und abweisend … Ich trat dicht an sie heran … ich wollte ihre Hand ergreifen … aber sie hielt in dieser Hand eine Waffe. Wir standen uns plötzlich tödlich verfeindet gegenüber. Marjorie war so viel stärker als ich – und dennoch wollte sie mich mit der Waffe in der Hand wegschicken – – Ich sann nur darauf, ihr den Revolver zu entwinden – – ich griff plötzlich nach ihrem Handgelenk – – drehte es um – und dabei fiel ein Schuss. Der – tödliche Schuss.«

Jessika stand regungslos. Das alles konnte ja gar nicht wahr sein! Es fiel ein Schuss … aber Marjories Leichnam wies ja *zwei* Schusskanäle auf! Und – die gefundene Kugel passte gar nicht in den Lauf *ihrer* Waffe. Und wie waren all die anderen Widersprüche zu klären – das Telefonat mit Paris – –

Aber dennoch, in der Stimme, die zu ihr gedrungen war, lag so viel Echtes, dass man nicht einfach darüber hinweggehen konnte. Jessika fragte:

»Aber wenn Sie – wenn Sie wirklich nur die gegen Sie gerichtete Waffe in der Hand Marjories fassen wollten – – und wenn dabei der Schuss sich löste – dann wäre doch der zweite Schusskanal – und wenn Sie die Wahrheit sprächen: weshalb sollten Sie sich dann nicht selbst der Behörde stellen?«

»Weil man mir wahrscheinlich nicht glauben würde. Sonst hätte ich es längst getan. Und dann fürchte ich für meine Existenz. Was soll aus mir werden, wenn die Zeitungen mit Riesenartikeln über mich herfallen – und zwischendurch, da und dort mitten in harmlosen, Sätzen, Verdächtigungen stehen!«

Jessika wandte sich ab:

»Wie dem auch sei, Sie müssen sich selbst der Behörde stellen. Sie werden auch anders niemals Ihre Ruhe finden. Jetzt, da Sie alles gesagt haben, ist es mir, als wäre mehr als einmal in Ihrem Wesen etwas Unsicheres, etwas Zerfahrenes gewesen. Sie müssen nun ganz bekennen. Und bald. Sie müssen den Mut dazu finden – die Entschlossenheit …«

Jessika wunderte sich selbst, wie sehr ruhig sie plötzlich geworden war. Saß sie tatsächlich einem Wesen gegenüber, das schuldlos getötet hatte – war es damals ein unglücklicher Zufall gewesen – – oder – – – Absicht?

Sie sprach noch lange mit ihrem nächtlichen Besuch in dem großen Lehnstuhl. Es schien sich viel Widerspruchsvolles aufzuhellen. Aber das Endgültige konnte ja doch nur die Polizei feststellen – wiewohl Jessikas Meinung über diese Institution im Laufe der vergangenen Monate sich ebenso ungünstig gestaltet hatte, wie ihr Urteil über Literatur im Ablauf des Kriminalfalles der Marjorie Sulkowska – sozusagen von Kapitel zu Kapitel immer vernichtender geworden war. Besonders verwirrend erschienen ihr die literarischen Exkursionen einiger Autoren, die diese – (ihres Zeichens approbierte Dichter) – als zusätzliche Reportagen nicht in der Tagespresse, sondern in der Literarischen Welt publizierten. Was sollte sie – Jessika – mit der Einbeziehung Ivar Kreugers anfangen? Sie wusste es so wenig wie Meister Koppen, dem es schon unangenehm genug war, dass die Reporterin Gabriele Tergit die Enthüllung über den zweiten Schusskanal der Öffentlichkeit preisgab, während er doch mit verabredet hatte, dass dieser zweite Schuss, der keineswegs zu der Lösung des Falles beitrug, sondern vielmehr zu dessen Verwirrung, einfach gar nicht hätte berücksichtigt werden sollen …

Es war im ersten Morgengrauen, als Jessika eine Gestalt über die Schwelle des Gartentores ihrer Villa nach der Straße begleitete. Eine leise Unterhaltung, in langsamen Sätzen, ebbte ab. Jessika gab mutvolle Worte.

Dann, plötzlich, wandte sie sich um und eilte ins Haus zurück.

Als sie die Straße hinabblickte, sah sie gerade noch die Gestalt im aufsteigenden Morgennebel verschwinden.

Das war also die Lösung des Kriminalfalles der Marjorie Sulkowska!

Und gerade auf diese Lösung – die allein wirklich zutreffende – war niemand verfallen!

Sie meditierte:

»Dass es Koppen nicht schaffen konnte, verstehe ich sehr wohl. Aber ich selbst – ich, die Frau – hätte es doch rein instinktiv *fühlen* müssen …«

Sie saß noch lange wach in ihrem Boudoir. Und dachte dabei an Somlay … Nun hatte er also seinen ganz großen Artikel …

Und morgen schon würde in den Zeitungen zu lesen sein:

»Das Rätsel um Marjorie Sulkowska gelöst!«

Ende
Frank Arnau

Und tatsächlich, Somlay hatte seinen großen Fall nun aufge-
rollt! Er sprach mit Koppen. Der Kriminalkommissar bestä-
tigte ihm nochmals die Zusage:

»Die überhaupt erste Veröffentlichung können Sie selbst
im ›Tageblatt‹ bringen. Das verspreche ich Ihnen. Es sei
denn … dass Ihnen die ›Nachtausgabe‹ zuvorkommen
sollte. – Aber nun erzählen Sie, Herr Somlay, alles, was Sie
wissen! Bis jetzt haben Sie mir nur Andeutungen gemacht.
Ich möchte Tatsachen …«

Somlay schien sehr abgearbeitet. Die Sache hatte ihn
wohl weit mehr mitgenommen, als man an seinem Äußeren
wahrnehmen konnte. Er steckte sich eine Zigarette an und
sprach merkwürdig monoton, als ging es ihn unmittelbar
gar nichts an:

»Lieber Kommissar Koppen, wir müssen eine ganze Reihe
Gesichtspunkte, Tatsachen und Feststellungen beachten
und miteinander in Einklang bringen. In erster Linie: die
Schlüssel zum Tor besaßen nur Frau Jessika, ihr Gatte, sowie
Marjorie Sulkowska selbst. Der Gatte war fernab …«

»Aber er hätte sehr wohl die Schlüssel einem Helfershelfer
hier gelassen haben können –«, widersprach der Kriminalkommissar.

»Gewiss, Koppen, aber er hat es nicht getan, denn es war
für ihn – ohne Interesse. Überdies waren die Schlüssel bei
seiner Rückkehr auf dem Flugplatz in seinem Necessaire.
Selbst wenn sie ihm irgendein Beauftragter – nach Benut-
zung – zurückgeschickt hätte, so wären sie doch nicht mehr
rechtzeitig vor Josés Abreise nach Berlin an ihn gelangt.
– Die Schlüssel von Frau Jessika scheiden aus, denn sie hatte
sie bei sich in der Oper. Bleiben die noch unerwähnten
Schlüssel der Toten. Das heißt … Marjorie muss demnach
ihren –«

»… ihren Mörder selbst zu sich ins Haus gelassen haben!«, ergänzte der Kriminalkommissar.

»Mörder?«, fragte Somlay bedächtig. »Nun, wir werden ja sehen. – Also sie ließ ihn herein, so dürfen wir wohl schlussfolgern. Es kam nun zwischen Marjorie und dem Besucher zu einer Eifersuchtsszene. Marjorie wollte den Mann los sein. Sie wusste, dass es die letzte Aussprache, dass es der Abschied war. Deshalb nahm sie sich ja den Neger zum Schutz mit. Und da sie besorgte, dass ihr nächtlicher Besucher beharrlich bleiben – dass er es vielleicht sogar mit Gewalt versuchen würde … deshalb hielt sie schon ihren Revolver bereit. Nach der ersten Ablehnung, die sie den Fragen des Mannes entgegensetzt, will er sich ihr dennoch nähern. Sie weist ihm die Tür. Er will nicht gehen. Sie hebt die Waffe. Der Mann will sie ihr durch ein plötzliches Zugreifen entwinden, um Unheil zu verhüten … er fasst sie beim Handgelenk – sie wehrt sich – er dreht ihr das Handgelenk um – der Schuss geht los – die Frau ist tot. Der Mann steht fassungslos vor der zusammenbrechenden Gestalt. Dann hat er nur einen einzigen Gedanken: Flucht! Er will fliehen … er rast durch die anderen Zimmer … und Wartenburg sieht hier den Unbekannten, der aber den Schauspieler gar nicht bemerkt. Was die anderen Einzelangaben des Negers Wilcox anlangt, so sind diese seiner Angst und Unsicherheit zuzuschreiben. Der Täter – wenn Sie ihn so nennen wollen – hört plötzlich ein Geräusch. Er ist in fieberhafter Erregung. Welche neue Gefahr droht? – Er zieht seine eigene Waffe – er gibt den Fluchtplan auf – er will Zeit gewinnen – vernimmt wieder ein Geräusch – entsichert seine Selbstlade-Pistole – geht in das dunkle Zimmer zurück, wo die Tote im Lehnstuhl liegt – tastet sich vorsichtig vorwärts – stolpert aber dennoch über die Drähte der Tischlampe. Er klammert sich – im Fall – an die Stuhllehne … und dabei löst sich der zweite Schuss – der dann den zweiten Schusskanal abgibt.«

Der Kriminalkommissar Koppen betrachtet Somlay mit wachsendem Interesse.

– Dieser spricht weiter: »Der zweite Schuss ist also aus einer anderen Waffe gefallen – deshalb konnte die Kugel nicht in den Revolver der Toten passen. Die Kugel aus ihrer Waffe – jene, die den Tod verursacht hatte, findet der Täter später … und nimmt sie an sich. Und …«

»Moment!«, sagt Koppen. »Es fällt mir noch etwas ein: Wie ist es mit dem Telefonanruf aus Paris? Der noch dazu beim Fernamt nirgends verzeichnet ist! Weder als Anmeldung eines Ferngesprächs, noch als Anruf von dort?!«

»Das ließe sich leicht erklären. Marjorie wurde nicht aus Paris angerufen. Das Wort Paris ist nur … als Firmenname gefallen. Marjorie ließ bei dem Modesalon ›Modes des Paris‹ arbeiten. Sie war mit dem Besitzer der Firma befreundet. Da sie ihn sprechen wollte, er aber nicht mehr im Laden weilte, bat sie, er möge sie noch anrufen. Vielleicht sollte dieser Anruf auch eine Art Rückversicherung sein – nicht so sehr dem Täter, wie vielleicht dem Neger gegenüber; denn in einem gewissen Punkte konnte sie auch Wilcox nicht trauen. Da hätte ein plötzliches Schrillen des Telefons ganz erwünscht sein können … Damit ist auch das Wort ›Paris‹ geklärt …«

Koppen sieht seine Notizen durch:

»Aber … wie ist der Täter aus dem Haus entkommen?«

Somlay blickt jetzt den Kriminalkommissar voll an:

»Wie konnte er entkommen? Wenn wir es uns genau überlegen: überhaupt nicht. Er musste also – im Haus bleiben.

Koppen wird nervös:

»Dann hätten wir ihn gefunden. Er konnte nicht unbemerkt entwischen! So wenig wie jemand etwa unbemerkt hätte eindringen könne.«

Das Gesicht Somlays wird eigentümlich blass. Er spricht jetzt jedes Wort sehr betont:

»Nun – Kommissar Koppen … wenn überhaupt kein Mensch eindringen konnte … wie kam denn dann ich selbst in das Zimmer von Frau Jessika?«

»Allerdings, daran habe ich noch gar nicht gedacht! Nun – Somlay – wie sind Sie denn wirklich trotz der Wache am Portal ins Haus gekommen?«

Somlay steht auf. Er hält sich mit beiden Händen, etwas vornübergebeugt, am Schreibtisch fest:

»Herr Kommissar Koppen – ich wurde von Marjorie in das Haus eingelassen!«

»Und so klärte sich der Kriminalfall der Marjorie Sulkowska auf: Somlay war der Mann, der ihr das Handgelenk umgedreht hatte.«

Wie der spätere Prozess einwandfrei ergab, war der Schuss durch den Fingerabdruck der Getöteten ausgelöst worden. Der merkwürdige Umstand, dass die Kugel aus dem Arm der Unbekannten dasselbe Kaliber aufwies, wie das Projektil, das Marjories Tod verursacht hatte, fand auch eine relativ einfache Erklärung. Somlay benutzte die gute Gelegenheit, um die Kugel, die von Dr. Lohner aus dem Arm der Verwundeten entfernt worden war (Somlay pfiff leise vor sich hin, als er mit dem Geschoss scheinbar spielte) – mit dem anderen Projektil, das er gefunden und an sich genommen hatte, zu vertauschen: und so passte die Kugel aus der Wunde der Fremden in den Revolver Marjories: denn es war ja das Projektil aus ihrer Waffe!

Somlay konnte noch als besonderes Beweismittel darauf verweisen, dass er sich tatsächlich im Boudoir von Frau Jessika verborgen gehalten hatte – am Schleiflack waren, hauchdünn konserviert, die Abdrücke seiner Finger zu finden, genau passend zu der Körperhaltung, mit der er sich beim Kommen von Jessika an die Holzverschalung gedrückt hatte, um nicht gesehen zu werden.

Über die mysteriöse Frau mit dem Steckschuss wurde ermittelt, dass sie sich nur der Unklarheiten des Falles Sulkowska bedient hatte, um selbst nicht aufzufallen. Es war eine internationale Hoteldiebin, die bei einem schweren Einbruch von dem überraschend erwachten Gast angeschossen worden war und dann flüchtete.

Sie kam zufällig zu Dr. Lohner in Behandlung. Da sie das Bild der Marjorie Sulkowska aus den Zeitungen kannte, ging sie willig darauf ein, vor dem Arzt – und dann vor Somlay – als Marjorie zu gelten. Die Täuschung konnte sehr wohl dazu dienen, die Polizei von ihrer eigenen Fährte abzulenken. Das Dämmerlicht kam ihr zu Hilfe, die psychische Erregtheit ihrer Beobachter desgleichen. Und was es zwischen ihr und Marjorie doch an erheblichen Unterscheidungsmerkmalen gab – ein schmaleres Gesicht, härtere Backenknochen, fahlerer Teint – das konnte sehr gut den Aufregungen zugeschrieben werden, denen ja Marjorie ausgesetzt gewesen wäre, wenn sie – nur scheinbar tödlich verletzt – in Wirklichkeit hätte entweichen können, um an ihrer Stelle eine Doppelgängerin begraben zu lassen. –

Psychologisch besonders interessant war die Aufklärung der Ursachen der Reden, die Somlay im Club gehalten hatte.

Somlay versuchte sich außerhalb der Tat zu stellen; und so tatsächlich nach einem »Täter« zu suchen. Es war sein Wunsch, alle gegen Andere sich ergebenen Indizien zusammenzubringen – um dadurch etwa gegen ihn selbst sich bietende zu entwerten. Bei dieser Arbeit glitt Somlay – fast sports- oder berufsmäßig, meinten die ärztlichen Experten – von der Trennungslinie des Wirklichen gegen das Unwirkliche so weit ab, dass er schließlich tatsächlich nach seinem imaginären Eventualtäter so exakt fahndete, als ob es einen wirklichen Täter – außer ihm selbst – geben könnte.

Das Geheimnis des Herrn José klärte sich ebenfalls sehr rasch. Er hatte in der Clausewitzstraße aus ihm verbliebenen Spielgewinnen einen sehr eleganten Massagesalon finanziert – und diesem galten seine Besuche. Durch die Klarlegung dieser peinlichen Angelegenheit wurde Jessika die Möglichkeit gegeben, sich in sehr kurzer Zeit von ihrem Gatten scheiden zu lassen. – – –

Somlay wurde freigesprochen.

Und als er dann das erste Mal wieder mit Jessika zusammentraf, und als sie ihm still gratulierte und ihn nach seinem Befinden fragte – da wusste er nur eine Antwort:

»Ach, Frau Jessika, – es ist vorbei, endlich ... und es ist gut abgegangen. Aber dass mich Koppen damals nach meinem Geständnis vom Fleck weg verhaftete – und dass so nicht ich, sondern zuerst meine Kollegen den ›Fall Sulkowska‹ in großer Aufmachung veröffentlichten, bevor ich auch nur zum Niederschreiben eines Wortes kam ... das, Frau Jessika, ist bitter. Welch eine Reportage ist mir dadurch entgangen! Welch eine Sensation wäre das geworden!«

Somlay war ganz traurig: denn er war wirklich ein Polizeireporter – *und nur das*.

»Mit Logik allein war hier nicht weiterzukommen«
Nachwort von Erhard Schütz

Im Frühsommer 1932 ging es der *Literarischen Welt* nicht
mehr so gut. Sie hatte ein Drittel ihrer Käufer verloren,
viele der »geistig Schaffenden«, wie sie damals genannt
wurden, die zuvor gerne für die *Literarische Welt* geschrieben hatten, zogen es angesichts der gesellschaftlichen
Drift nach rechts nun vor, mit der diskussionsfreudigen,
linksliberalen Wochenzeitung nichts mehr zu tun haben
zu wollen. Ihr Herausgeber Willy Haas, ohnehin allem
Neuen aufgeschlossen und auf Anreize für sein Publikum
bedacht, entwickelte darum zusammen mit Frank Arnau,
damals unter anderem als Kriminalreporter und -roman-
cier bekannt, die Idee eines Fortsetzungskrimis, der über
die Sommermonate wöchentlich in der *Literarischen Welt*
erscheinen sollte, geschrieben von damals bekannten und
populären Autoren, zusätzlich beworben durch ein Preis-
rätsel für die Leserschaft. Zweifellos eine PR-Aktion.
Nicht ohne Vorbild, denn aus ihrer literarischen Jugend
war ihnen garantiert der 1909 erschienene *Roman der XII*
bekannt, ein Erfolgsbuch, an dem zwölf der im Kaiser-
reich populärsten Autoren mitgearbeitet hatten. Und ein
Jahr zuvor war in Großbritannien ein Kollektivkrimi des
Detection-Club höchst erfolgreich gewesen: *The Floating
Admiral*. Anders als jener, bei dem sich die Schreibenden
recht strikt an die vorgegebenen Spielregeln gehalten
hatten, war das Ergebnis hier, *Die verschlossene Tür*, wesent-
lich turbulenter und auch kurioser. Darin ist der Roman
– vielleicht zum Leidwesen strenger Freunde des Krimi-
nalromans – zwar als Kriminalroman eher überstrapaziert,
aber zum einen doch ein unterhaltsamer literarischer Jux,
der zum anderen, von heute aus gelesen, eine Momentauf-
nahme jener Zeit, ihrer Literatur und Gesellschaft bietet.
Als solche lassen wir hier jedenfalls *Die verschlossene Tür* neu

erscheinen. Allerdings ist es angebracht, dazu ein paar Hintergründe zu rekapitulieren.

Als die erste Nummer der *Literarischen Welt* am 9. Oktober 1925 erschien, war das Interesse der literarischen Öffentlichkeit überschaubar. Das gemeinsame Projekt von Ernst Rowohlt, dem Verleger, und Willy Haas, der bis dahin den meisten als Drehbuchautor und vor allem als Star-Kritiker des *Film-Kurier* bekannt war, hatte zunächst Schwierigkeiten, akzeptiert zu werden. Aufgrund des energisch durchgehaltenen Konzepts, sich mit einer linksliberalen Grundfärbung an ein möglichst breites kulturinteressiertes Publikum zu wenden, vor allem aber eine Plattform für kontroverse Positionen und abweichende Meinungen zu bieten, zugleich die unterschiedlichsten Themen zu setzen und für Neues, Populäres und Umstrittenes offen zu sein, wurde die Wochenzeitung selbst diskutiert, wurde begehrt und verachtet.

Viele meinten, es besser zu wissen, aber niemand machte es besser als Willy Haas, der die *Literarische Welt* bis 1933 prägte. Er war für diese Aufgabe prädestiniert. Geboren 1891 in Prag als Sohn eines angesehenen deutsch-jüdischen Anwalts, der sich stark für die deutsch-jüdischen Belange einsetzte, hat Haas sich früh ebenfalls in den entsprechenden Zirkeln bewegt, organisierte sich mit anderen aus jener großen literarischen Zeit Prags zu den später vielbeschworenen ›Arconauten‹, organisierte neben seinem eher dilatorisch betriebenen Jura-Studium literarische Lesungen – unter anderem von Herman Bang und Karl Kraus –, gab die *Herder-Blätter* heraus, setzte sich hier, wie später fast durchweg, für einen verständnisvolleren Blick auf die Belange der je anderen (in diesem Falle: der Tschechen) ein, war, ehe er in den Krieg gehen musste, kurzzeitig Lektor im Verlag von Kurt Wolff und versuchte, zurückgekehrt, in der neugegründeten ČSR wiederum die Belange der Deutschen und Juden gegen einen einseitigen tschechischen Nationalismus zu organisieren. Eine Amour fou führte ihn nach Berlin, dem, wie er es nannte, »Glück seines Lebens«.

Geprägt von dem in Prag unverkrampfteren Verhältnis zwischen der sogenannten Hochkultur und ihren volkstüm-
lichen Elementen, zögerte er in Berlin denn auch nicht, für
den Film zu arbeiten. Im Nachkriegs-Berlin wurde er mit
dem populären, aber vom Bildungsbürgertum noch weithin entschieden missachteten Medium Film populär. Zu
seiner Offenheit gegenüber dem medial Neuen passte seine
grundständige Offenheit gegenüber anderen Positionen,
solange diese zu argumentieren bereit waren. Auch beim
Projekt der *Literarischen Welt* ging es ganz offensichtlich um
Popularisierung und Breitenwirksamkeit ebenso wie um
die Vermittlung, wenigstens aber Präsentation der Gegensätze. Von ihren zunächst eher unprofessionellen Anfän-
gen an brachte die *Literarische Welt* einen repräsentativen
Querschnitt durch die Kultur. Ernst Robert Curtius, Kurt
Tucholsky, Walter Benjamin und die Brüder Mann neben
Hedwig Courths-Mahler, Ernst Jünger neben Johannes R.
Becher, neben den Einheimischen vor allem Franz Kafka,
Robert Musil, Egon Erwin Kisch oder die französische
und englischsprachige Elite, Marcel Proust, Jean Cocteau,
André Gide oder Paul Valéry, James Joyce oder T. S. Eliot.
Die Mehrzahl der Mitarbeiter aber, schrieb Haas in seinen
Erinnerungen, »waren gänzlich unbekannte, junge Leute.
Freilich haben sich viele von ihnen seither einen Namen
erworben.«[1] So war es.

Besonders populär waren die Umfragen unter Prominenten zu den unterschiedlichsten Themen. Vor allem die
Jugend hatte Haas dabei im Blick. Immer wieder adressier-
ten Artikel die Jugend direkt, speziell mit der Kolumne
»Worte an die Jugend«.

Für Rowohlt war die Zeitung ein Zuschussbetrieb geblieben. 1927 zog er sich aus dem Projekt zurück, Haas und

---

[1] Willy Haas: Die literarische Welt. Lebenserinnerungen (1957),
Frankfurt a. M. 1983, S. 174.

ein paar andere übernahmen die Finanzierung in eigener Regie. Anzeigenkundschaft und Stammpublikum wuchsen. 1928 wurden 28 500 Exemplare verkauft. Höchststand. Mit der Wirtschaftskrise ging es ab 1929 kontinuierlich bergab. 1932 lag die Auflage unter 20 000 Exemplaren. Vor allem aber geriet die *Literarische Welt* immer mehr zwischen die zunehmend unversöhnlicheren Lager. »Wenn wir mit steigender Brutalität und Skrupellosigkeit von links und rechts angegriffen wurden, so war das nur ein Zeichen der Zeit. Deutschland radikalisierte sich in einem ganz unvorstellbaren Maße, und zuallererst die deutschen Intellektuellen.«[2] Am 17. März 1933 erschien die letzte Nummer mit Willy Haas als Herausgeber. Die *Literarische Welt* wurde nazifiziert und ging 1935 in *Das deutsche Wort* auf. Haas, attackiert und denunziert, entkam noch 1933 ins Exil nach Prag. Es folgte ein bewegtes Exilantenleben, das ihn unter anderem nach Indien führte. 1947 kam er als britischer Kontrolloffizier nach Deutschland zurück, wurde Redakteur der *Welt* und blieb bis zu seinem Tod 1973 deren Mitarbeiter, mit über zweitausend Beiträgen![3]

Auch Frank Arnau kehrte aus dem Exil, wo er es in Brasilien sogar zu Wohlstand gebracht hatte, zurück und machte bis zu seinem Tod 1976 eine zweite Karriere als Kriminal- und Sachbuchautor. 1894 in der Nähe von Wien geboren, gehörte er zu den populärsten Autoren der Weimarer Republik, eine ausgesprochen schillernde, fantasiebegabte Figur. Mal wollte er im Orientexpress geboren sein, mal hatte er mit fünf Jahren angeblich eingenässt, als Kaiser Franz Joseph ihn auf den Schoß genommen hatte. Der Sohn eines Schweizer Hoteliers arbeitete

---

[2] Haas, S. 175.
[3] Vgl. detailliert Christoph von Ungern-Sternberg: Willy Haas 1891–1973, München 2007, und Christina Prüver: Willy Haas und das Feuilleton der Tageszeitung ›Die Welt‹, Würzburg 2007.

seit 1912 als Polizeireporter, übte nicht so ganz geklärte Beraterfunktionen für Wirtschaftsunternehmen, unter anderem für die Daimler Benz AG, aus, schrieb fürs Theater und den Film – und eben Kriminalromane.[4] Mindestens zwölf, eher zwanzig, Romane, meist für die Reihe der *Blauen Bücher* des Wilhelm Goldmann-Verlags in Leipzig. Die *Literarische Welt* bezeichnete ihn gar als »Artist der stilistischen Hochspannung«.[5] Dass dennoch die genaue Zahl seiner Krimis heute nicht mehr exakt auszumachen ist, sagt etwas über den Status der Kriminalromane damals. Keine Bibliothek hielt ihre systematische Sammlung für nötig. Zwar gab es auch deutschsprachige Krimi-Autoren; ähnlich populär wie Arnau wurde Louis Weinert-Wilton, dessen Romane ab dem Ende der 1920er-Jahre ebenfalls bei Goldmann erschienen. Er galt als der deutsche Edgar Wallace, dessen fleißiger Epigone er war. Ansonsten waren Hans Hyan, Otto Soyka oder die Joe-Jenkins-Krimis von Paul Rosenhayn relativ bekannt. Doch abgesehen von den auch unter Intellektuellen beliebteren Skandinaviern – der Norweger Sven Elvestad und der Schwede Frank Heller – waren es englischsprachige Kriminalromane, die in Deutschland gelesen wurden, Agatha Christie, Dorothy L. Sayers, G. K. Chesterton, Arthur Conan Doyle sowieso. Vor allen anderen jedoch Edgar Wallace, der in seiner englischen Heimat als Kriminalschriftsteller keinen allzu seriösen Ruf genoss. Hierzulande galt er indes als der Krimiautor schlechthin. Sein Verlag bewarb ihn schon damals mit dem Slogan: »Es ist unmöglich, von Edgar Wallace nicht gefesselt zu sein.« Die deutsche Auflage betrug da bereits weit über eine Million!

[4] Frank Arnau: Gelebt, geliebt, gehasst. Ein Leben im 20. Jahrhundert, München/Wien/ Basel 1972.

[5] Zit. n. Michael Töteberg: Kriminalrat Koppen läßt deutsche Dichter verhaften, in: Norbert Klugmann/Peter Matthews (Hg.): Schwarze Beute, Reinbek 1987, S. 71–79, hier S. 73.

Krimilektüre galt gemeinhin als dubios und proletig, gleichgesetzt mit Heftchenliteratur. Intellektuelle hielten sich darum öffentlich bedeckt. So konnte Bertolt Brecht gezielt damit provozieren, dass er aufrief, statt zum Beispiel Thomas Mann lieber Krimis zu lesen. Schon 1926 prägte er die freche Formel: »Kriminalromane sind die einzige Gelegenheit, bei der ich gegen Literatur ausfällig werde. Kehren wir zu ihnen zurück!«[6] Ähnlich dezidiert für Kriminalromane begeistert war Walter Benjamin, der – wie Brecht – Elvestad und Heller besonders schätzte und den Kriminalroman neben Futurismus, atonaler Musik, poésie pure und Film zu den »Spielelemente[n] der neuern Kunst« zählte.[7] Allermeist aber konsumierte man Krimis allenfalls stillschweigend. In der *Literarischen Welt* polemisierte Franz Werfel 1928 auf der ersten Seite neben »Tempo-Snobismus« und »Box-Verklärung« auch gegen »Kriminal-Verehrung«.[8] Andererseits stellte dort 1929 Willy Haas selbst ein paar durchaus kluge und haltbare Überlegungen dazu an, was einen guten Krimi ausmache. Dabei bezog er sich auf Edgar Wallace wie kurz darauf Heinrich Mann, der den Wallace-Krimis nützliches Vergnügen bescheinigte.[9] 1930 versuchte Heinrich Mann selbst, in seinen – nicht sonderlich erfolg-reichen – Roman *Die große Sache* Krimi-Elemente einzu-bauen.

Mit einem Fortsetzungskrimi konnte Willy Haas sich in jedem Falle einiger Aufmerksamkeit sicher sein. Und darum ging es ja. Wie genau der Plan zu dem kollektiven

[6] Bertolt Brecht: Kehren wir zu den Kriminalromanen zurück!, in: Bertolt Brecht: Gesammelte Werke, Bd. 18: Schriften zur Literatur und Kunst I, Frankfurt a. M. 1967, S. 28–31, hier S. 31.

[7] Walter Benjamin: Gesammelte Schriften, Bd. I/3, Frankfurt a. M. 1974, S. 1048.

[8] Franz Werfel: Albert von Trentini. Zu seinem 50. Geburtstag, in: Die literarische Welt, Jg. 4 (1928), Nr. 41, S. 1.

[9] Vgl. dazu Töteberg, S. 71–79, bes. S. 77 f.

Fortsetzungskrimi für die *Literarische Welt* zustande kam, ist nicht auszumachen, denn beide, Arnau wie Haas, gingen in ihren Autobiografien nicht darauf ein. Und andere Zeugnisse gibt es nicht mehr. Dass es sich um eine PR-Aktion handelte, die übers Sommerloch helfen sollte, ist jedoch recht deutlich, denn die Leserschaft wurde durch ein Preisausschreiben animiert, bei der Stange zu bleiben. Angekündigt wurde das so:

»AN UNSERE LESER UND FREUNDE
Wenn's draussen schön wird, liest auch der gelehrte Mann gerne einmal etwas Unterhaltendes – auf der Wiese oder im Walde liegend, oder am Meeresstrand, oder abends im Bett der Herberge oder des Hotels.
Da haben wir uns für unsere Leser eine unterhaltende Kuriosität ausgedacht, die wir sie ebenso lächelnd und ohne seriöses Stirnrunzeln anzunehmen bitten, wie wir sie darbieten.
Es ist nämlich eine richtige, lange, spannende
KRIMINALGESCHICHTE
in mehreren Fortsetzungen. Aber sie hat, wie schon gesagt, einige Besonderheiten.
Erstens: Sie ist nicht von einem einzigen Autor verfasst, sondern jedes Kapitel von einem andern. Das erste Kapitel mit dem rätselhaften Kriminalfall ist von Frank Arnau geschrieben. Die folgenden Kapitel sind von:
ALFRED DÖBLIN, ERICH EBERMAYER, MANFRED HAUSMANN, KURT HEUSER, RICHARD HUELSENBECK, EDLEF KÖPPEN und GABRIELE TERGIT.
Zweitens: Daran wird sich, vor Abschluss, ein Preisausschreiben mit wertvollen Preisen anschliessen, das dem Leser für die Sommertage eine interessante Beschäftigung bieten wird.
Wir beginnen damit in der nächsten Nummer.
Die Schriftleitung«

Die hier – alphabetisch – genannten Mittäter am Text waren ziemlich heterogen zusammengesetzt. Wie diese Mischung zustande kam, ist nicht mehr festzustellen, auch nicht, was wahrscheinlich ist, ob zunächst andere gefragt worden waren und abgewunken hatten. Immerhin vertraten sie durchaus exemplarisch die Mischung der Autorenschaft der *Literarischen Welt*.

Der prominenteste unter den Autoren war zweifellos Alfred Döblin. 1878 geboren, war er nicht nur der zweitälteste, sondern auch der produktivste und renommierteste unter ihnen – was durch seine Berufung 1928 in die Sektion Dichtkunst der Preußischen Akademie der Künste unterstrichen wurde. Sein 1929 erschienener Roman *Berlin Alexanderplatz* war damals eine Sensation. In ihm ging es ja unter anderem auch um Verbrechen und Mord, ebenso wie in dem nach einem authentischen Fall geschriebenen Bändchen *Die beiden Freundinnen und ihr Giftmord* von 1924. Er war also auch dadurch für das Unternehmen Fortsetzungskrimi prädestiniert.

Richard Huelsenbeck, Jahrgang 1874, der das Anschlusskapitel an Arnaus Vorgabe lieferte, war als Expressionist und vor allem als Dadaist ähnlich bekannt wie Döblin, auch wenn er in den Jahren der Weimarer Republik als Schiffsarzt in der Welt umhergefahren war und nurmehr – recht populäre – Reiseberichte lieferte. Den Zeitgenossen waren aber auch die anderen durchaus geläufig, wenngleich in unserer Gegenwart nicht mehr so bekannt.

Gabriele Tergit (eigentlich Elise Reifenberg), die das nächste Kapitel verantwortete, Jahrgang 1894, war promovierte Historikerin und Starautorin im Feuilleton des *Berliner Tageblatts*. Vor allem durch ihre Gerichtsreportagen genoss sie hohes Ansehen, während ihr hinreißender Berlin-Roman *Käsebier erobert den Kurfürstendamm* 1931 zwar von den Kollegen höchst gelobt, jedoch vom Publikum eher zögerlich angenommen worden war. Manfred Hausmann, der auf sie folgte, Jahrgang 1898, war als neuroman-

tischer Vagabunden-Poet ein ausgesprochener Publikums-
liebling, vor allem mit seinen Bestseller-Romanen *Lampioon
küßt Mädchen und kleine Birken* von 1928 und 1932 *Abel mit
der Mundharmonika*. Beliebt war aber auch sein 1930 erschie-
nenes Reisebuch über die USA, *Kleine Liebe zu Amerika*.

Kurt Heuser, Jahrgang 1903, später, in der NS-Zeit,
als Drehbuchautor sehr erfolgreich, ist wohl der heute
am meisten Vergessene der hier versammelten Autoren.
Damals war er jedoch durch seine Afrika-Romane *Elfenbein
für Felicitas* (1928), *Die Reise ins Innere* (1931) und *Buschkrieg*
(1932) der literarischen Öffentlichkeit sehr präsent.

Edlef Köppen, 1893 geboren, hatte 1930 einen stark
autobiografisch gefärbten Kriegs-Roman veröffentlicht,
Heeresbericht, der bis heute für viele als in jeder Hinsicht
eindrucksvoller gilt als Remarques Bestseller. Für die Zeitgenossen, zumal für die Berliner Autoren, war er bekannt
als einflussreicher Redakteur, dann als Leiter der *Funk-
Stunde Berlin*, dem ersten Rundfunksender in Deutschland.

Schließlich noch Erich Ebermayer, 1900 geboren. Im
Umkreis von Klaus Mann, der bündischen Jugend naheste-
hend, war er damals bekannt und vieldiskutiert mit literarischen Bearbeitungen der eigenen Homosexualität. Für das
Krimi-Projekt prädestinierte ihn neben seiner Promotion
in Jura wohl vor allem seine Novelle *Das Tier* (1928), in der
ein Paar die Mutter der Frau umbringt und das erfolgreich
als Selbstmord deklariert.

Also alles gestandene Autoren ohne Scheu vor populäre-
ren Formen – und insgesamt mit einer großen stilistischen
und thematischen Bandbreite.

Die Motivation für die Leser, den Fortsetzungen dieser
ebenso illustren wie heterogenen Mischung zu folgen,
wurde durch wiederholte Ankündigung des Preisausschrei-
bens betrieben, indem man, noch ohne die genauen Preise
zu nennen, den Abonnenten riet, die entsprechenden
Nummern der Zeitung aufzubewahren. Neuabonnenten
versprach man Nachlieferung der bisherigen Nummern.

Am 1. Juli 1932 fand sich schließlich auf der letzten Seite die Auslobung der Preise, die wegen der eher kuriosen Zusammenstellung erinnert zu werden lohnt:

»Zu unserer Kriminalgeschichte ›Die verschlossene Tür‹ gehört, wie wir bereits mitteilten, ein Preisausschreiben.
I. Preis: Eine Reise nach Moskau und Leningrad. Wert 400.- RM.
II. Preis: Eine Tisch-Sollux-Lampe. Wert 80.- RM.
III. Preis: 1 000 Abdullah-Zigaretten. Wert 60.- RM.
IV. Preis: 10 Sonderausgaben vom Verlag S. Fischer, Berlin. Wert 30.- RM.
V. Preis: 10 Sonderausgaben vom Verlag Gustav Kiepenheuer, Berlin. Wert 28.50 RM.
VI. Preis: Zwei Karten zu einem Rundflug über Berlin. Wert 30.- RM.
Ausserdem 10 Trostpreise von der Firma M. Albersheim, Frankfurt a. M.«

Letztere war eine der bedeutendsten deutschen Kosmetik-Hersteller, bekannt vor allem durch die Khasana-Reihe, für die man auch in der *Literarischen Welt* warb. Nach 1933 wurden die deutsch-jüdischen Inhaber der Firma enteignet.

In der nächsten Nummer der *Literarischen Welt* wurde das Moskau-Leningrad-Programm erläutert, das vom sowjetischen Reisebüro Intourist betreut werden sollte. Schließlich langte man am 12. August beim Schlusskapitel an, das freilich unterbrochen wurde, um die Leser nach dem Namen des Täters und der Begründung anhand der bisherigen Indizien zu fragen sowie die Bedingungen der Teilnahme zu erläutern, die unter anderem eine Abonnementsquittung verlangten. Caféhausleser waren also ausgeschlossen.

In der Nummer vom 26. August erschien dann der Schluss mit der Auflösung. Geschrieben hatte ihn, wie auch das Startkapitel, Frank Arnau. Das war wahrlich keine leichte Aufgabe. Denn die Schriftstellerkollegen und nicht zuletzt die -kollegin hatten alles getan, um die Linien für eine geordnete Whodunit-Lösung dieser Locked-Room-Geschichte heillos zu verwirren. Aus der Ausgangsposition heraus erschließt sich, dass Arnau am ehesten daran gedacht hatte, dass Kapitel für Kapitel einer der Verdächtigen vorgestellt und vorgenommen werden sollte. Aber das Ganze lief schnell aus dem Ruder.

Richard Huelsenbeck hatte sich in seiner Fortsetzung noch an Arnaus Vorgaben gehalten. Er befasst sich mit dem ersten Verdächtigen, dem »Neger Wilcox«. Heute mutet die Titulierung befremdlich rassistisch an, damals war das so noch gang und gäbe. Da war ganz unbefangen noch von »Jazz-« oder »Tanznegern« die Rede, allerdings meist auch grundiert durch Vorstellungen von animalischer Triebhaftigkeit. Huelsenbeck nimmt diese Vorurteile auf, um sie lächerlich zu machen, indem er sie übertreibend der Boulevardpresse zuschreibt.

Gabriele Tergit nimmt sich dann den schillernden José von Aarensholt vor und verbleibt damit auch noch im Plan. Doch sie, die versierte Gerichtsreporterin, führt mit dem doppelten Schusskanal eine eher dubiose Wendung ein.

Alfred Döblin folgt der Spur des abgerissenen Knopfes, der bei ihm allerdings unter der Hand vom Mantel- zum Hosenknopf mutiert. Die Situation in der Kleidungsfirma Horstmann & de la Ney wird von ihm in turbulenter Dichte zur Groteske gesteigert, mit einer Veralberung des Preußentums wie auch des Fortsetzungskrimis. Eine Schachtel Streichhölzer ist ihm Anlass, ein Sensationsthema der Zeit, den Selbstmord des Streichholzkönigs Ivar Kreuger, ins Spiel zu bringen, wobei er zum einen einen Zeitindikator liefert, denn Kreuger hatte sich am 12. März 1932 erschossen, zum anderen Verschwörungstheorien verspottet: »Ich sage Ihnen, Kreuger, Ivar Kreuger, lebt.« So döblinesk das Kapitel, so sehr öffnete es die Tür, die »verschlossene Tür« zu enthemmen.

Zwar unternimmt Manfred Hausmann erst einmal den Versuch, sie wieder zu verriegeln, indem er Döblins Burleske verblümt durchs Wetter bedingt erklärt. Er schafft den Knopf aus dem Indizienrepertoire, bringt die Ermordete wieder ins Leben (so wie Döblin Kreuger) und eine Doppelgängerin ins Spiel.

An Hausmanns eher hausbackene Lösung knüpft Kurt Heuser an, indem er aus der Doppelgängerin eine Zwillingsschwester mit dem blödsinnigen Namen Zimbimbola macht. Er ist es denn auch, der offiziell die Geschichte von der Detektionslogik verabschiedet: »Mit Logik allein war hier nicht weiterzukommen«, lässt er den Journalisten Somlay sagen. Obendrein wendet er nun das Ganze in eine Ironisierung des Krimis englischer Machart, indem er Somlay in seinem Club vom Her- und Fortgang des Falls erzählen lässt. Immerhin bietet Heuser aber noch konstruktiv eine Brücke für seinen Nachfolger Edlef Köppen, indem er auf die Wahrscheinlichkeit einer zweiten Leiche hinweist.

Köppen indes setzt lieber die parodistische Entfesselung fort. Er radikalisiert sie ins Selbstreferenzielle, indem er Kriminalrat Koppen in der *Literarischen Welt* eben *Die verschlossene Tür* entdecken und die bisherigen Beiträger vorladen lässt. Das gibt Gelegenheit zu ein paar Scherzchen auf Kosten der Kollegen, garniert mit ein paar Anspielungen auf Kollegenignoranz und -eifersucht oder Döblins Eitelkeit. Merkwürdig, dass er Gabriele Tergit wienerisch sprechen lässt, denn zwar stammte ihre Familie aus Franken, aber sie war in Berlin geboren und aufgewachsen. Vielleicht kannte er sie nicht persönlich und glaubte, dass Feuilletonisten nur aus Wien kommen konnten?

Köppen gibt jedenfalls den Ball an Erich Ebermayer weiter, indem er ihn per Telegramm einführt. Der nun macht, etwas albern, Döblin zum erfahrenen Kriminalbeamten, führt die Frage nach der literarischen Verwertung des Stoffes ein, wobei er seinen älteren Kollegen Max Alsberg, damals einer der bekanntesten Strafverteidiger und ebenfalls Schriftsteller, anführt, und sich selbst auf den »Holzweg« bringt, »was ja einem Mann in einem Märchenwald leicht passieren kann«. Damit war nun der Krimi vollends in ein selbstbezügliches Literatenspiel umgekippt.

Arnau hatte da kaum noch eine Chance, das wieder in jenen richtigen, spannenden Krimi zu überführen, den die *Literarische Welt* ursprünglich angekündigt hatte. Um den Lesern überhaupt noch etwas zu Enträtselndes anbieten, einen Täter per Indizien dingfest machen zu können, stellt er auf Reset, indem er Jessika noch einmal aus der Oper kommen lässt …

Der Literaturwissenschaftler, Verlagslektor und Krimispezialist Michael Töteberg urteilte über das Ergebnis 1987 ebenso indigniert wie dezidiert: »In dem angestrengten Versuch, geistreich und witzig zu sein, hatten die deutschen Literaten lediglich ihr Unvermögen bewiesen, einen Krimi zu schreiben.«[10] Von heute aus aber lässt sich das auch anders sehen. Gewiss, es mag beim Verlauf der Fortsetzungen Unernst gegenüber dem wenig geachteten Genre im Spiel gewesen sein, wahrscheinlich viel mehr aber das Vergnügen, den Kollegen die Arbeit an der Fortsetzung zu erschweren, wenn nicht unmöglich zu machen. Herausgekommen ist dabei ein überdrehter Text, der mit den Konventionen des Genres wie des Literaturbetriebs so spielerisch umgeht, wie es später der sogenannten Postmoderne eigen war − und wie man das erst viel später in Kriminalromanen, vor allem aber in Krimi-Serien im Fernsehen findet. Man denke nur an die weiland *Nick-Knatterton*-Comics, an den legendären *Kottan* oder nun den Münsteraner *Tatort*.

Neben dem Vergnügen am überdrehten Spiel ist aber für heute noch ein weiteres, historisches Moment von Interesse. Zum einen ist da die damals durchaus noch neue Parallelisierung von Detektiv, Reporter und Psychoanalytiker im Zeichen der Indizienlektüre. Den drei Professionen gesellen sich nun die Leserinnen und Leser als Spurenleser

[10] Töteberg, S. 77.

im Historischen dazu. Und solche Spuren gibt es reichlich, ohne dabei so penetrant zu wirken, wie es öfters in Historischen Kriminalromanen, die in der Weimarer Republik spielen sollen, der Fall ist. Es zeigt sich darin eine Zeit, die ihre Gegensätze halb staunend, halb selbstverständlich nahm – seien es nun die verschiedenen Milieus, die Villengegend im Grunewald, die Charlottenburger Clausewitzstraße, wo der mysteriöse Handwagen steht, Unter den Linden oder das Polizeipräsidium am Alexanderplatz, seien es die verschiedenen politischen Lager. Gleich auf der ersten Seite wird die heterogene zeitgenössische Prominenz aufgeführt: Der Generalmusikdirektor der Staatsoper Unter den Linden Leo Blech, der Schauspieler Hans Albers, der Nobelpreisträger Albert Einstein, der Boxer Max Schmeling, die Schauspielerin Käthe Dorsch, Reichskanzler Heinrich Brüning – damit ist zugleich ein zeitliches Indiz gegeben, denn Brüning trat im Mai 1932 zurück – und schließlich Adolf Hitler, hier mit einem kleinen Seitenhieb, denn der Wagner-Verehrer kommt nicht von der Meistersinger-Aufführung aus der Staatsoper, sondern aus dem populären Varieté Wintergarten …

Und ein letztes kleines Beispiel: Erich Ebermayer lässt in der Dorfgaststube von Röcknitz »zwei kommunistische Steinbrucharbeiter […] finster abseits der schmucken S.A. Jünglinge« sitzen und unheilverkündend vor sich hinstarren. »Eine Prügelei schien nicht ausgeschlossen.« Solches gehörte inzwischen so sehr zum Alltag der damaligen Zeit, dass die Zeitungen für gewöhnlich nicht mehr darüber berichteten. Interessant nun aber, wie Ebermayer offenkundig seine Sympathien verteilt – und nach 1933 wird er, Vetter von NSDAP-Reichsleiter Philipp Bouhler und von Fritz Todt, Generalinspektor für das Straßenwesen und Gründer der nach ihm benannten NS-Bautruppe »Organisation Todt«, weiter schreiben und, wegen seiner Homosexualität nicht ungefährdet, die NS-Zeit überstehen …

Arnau war bei seiner Lösung kein anderer Weg mehr geblieben, als die Selbstreferenzen der Kollegen per weiterer Selbstreferenz abzuräumen und den Reporter Somlay zum Mörder zu machen. Den zuvor verwirrten Lesern blieb da kaum eine realistische Chance, klug zu argumentieren. Der Umstand, dass erst am 23. September die Preisträger benannt wurden, deutet ebenso darauf hin, wie schwer die Entscheidung gewesen sein muss, wie die Bemerkung, dass man auf Abdruck der eingereichten Lösungen verzichte, »weil sich besonders überraschende Kombinationen nicht ergeben haben«. Wie auch?

Die Namen der genannten Preisträger gäben Anlass zu einem weiteren Detektivspiel. Lässt sich ihre Spur noch verfolgen? Der Gewinner des ersten Preises trägt den Namen Fritz Heine, den des späteren hochgeachteten sozialdemokratischen Parteifunktionärs und Verlagsmanagers. Indes ist der Preisträger stud. phil. – und der sozialdemokratische Heine hat nie studiert. Noch ein Spekulationsversuch: Der 3. Preis ging an Dr. Franz Burder in München. Hätten wir einen Verschreiber von a nach r vorliegen, könnte es sich um den erfolgreichen Verleger gehandelt haben … Die meisten lassen sich wohl nicht mehr identifizieren. Einige jedoch schon. So ist die Gewinnerin des 6. Preises, die Berliner Rechtsanwältin Elisabeth Jaffé, offenbar mit ihrer Familie nach New York emigriert, Elisabeth Lehfeldt, die einen Trostpreis bekam, möglicherweise auch aus einer jüdischen Familie stammend, 1890 in Berlin geboren. Über ihren weiteren Weg war einstweilen nichts zu erfahren. Rolf Bongs hingegen, ebenfalls Trostpreisempfänger, 1907 geboren, damals Student in Marburg, wurde Schriftsteller, dann SS-Kriegsberichterstatter und danach wieder Schriftsteller.

Wie auch immer, ganz offensichtlich teilten sich nach 1933 die Wege der Leser ebenso wie die der Autoren. 1932 aber war ihnen der Krimi-Jux der *Literarischen Welt* noch ein ungeteiltes Vergnügen …

Textnachweis

Arnau, Frank: *Der Mord in der Villa Jessika.* In: *Die literarische Welt*, Jg. 8 (1932), Nr. 24/25, S. 5 ff.

Arnau, Frank: *Der Täter.* In: *Die literarische Welt*, Jg. 8 (1932), Nr. 33, S. 7 f.

Arnau, Frank: *Ende.* In: *Die literarische Welt*, Jg. 8 (1932), Nr. 35, S. 7 f.

Döblin, Alfred: *Ivar Kreuger lebt!* In: *Die literarische Welt*, Jg. 8 (1932), Nr. 27, S. 3 f.
Mit freundlicher Genehmigung der S. Fischer Verlage.

Ebermayer, Erich: *Ach, das Gute liegt so nah!* In: *Die literarische Welt*, Jg. 8 (1932), Nr. 32, S. 5 f.
Mit freundlicher Genehmigung von Wolfgang Ebermayer-Freiherr von Richthofen.

Hausmann, Manfred: *Die bleiche Marjorie.* In: *Die literarische Welt*, Jg. 8 (1932), Nr. 28, S. 3 ff.
Mit freundlicher Genehmigung von Bettina Hausmann.

Heuser, Kurt: *Drei Schnäpse und zwei Schwestern.* In: *Die literarische Welt*, Jg. 8 (1932), Nr. 29/30, S. 11 f. Mit freundlicher Genehmigung von Dr. Konstantin Ploberger.

Huelsenbeck, Richard: *Der Neger Wilcox.* In: *Die literarische Welt*, Jg. 8 (1932), Nr. 24/25, S. 5 ff.

Köppen, Edlef: *Die D. A. greift ein.* In: *Die literarische Welt*, Jg. 8 (1932), Nr. 31, S. 7 ff.

Tergit, Gabriele: *Die verlorenen Schlüssel.* In: *Die literarische Welt*, Jg. 8 (1932), Nr. 26, S. 3 ff.

Für die freundliche Genehmigung des Textabdrucks von Gabriele Tergit danken wir Gert Brüning.

Trotz intensiver Recherche war es nicht in allen Fällen möglich, die Rechteinhaber von Texten ausfindig zu machen. Bei berechtigten Ansprüchen bitten wir um Mitteilung an den Verlag.